与謝野晶子

Yosano Akiko

入江春行

コレクション日本歌人選039
Collected Works of Japanese Poets

笠間書院

『与謝野晶子』——目次

凡　例

一、本書には、近代の歌人与謝野晶子の歌五十首を載せた。

一、本書は、晶子短歌の評釈を特色とし、伝記的研究にも重点をおいた。

一、本書は、次の項目からなる。「作品本文」「出典」「口語訳」「鑑賞」「脚注」「略歴」「略年譜」「筆者解説」「読書案内」「付録エッセイ」。

一、テキスト本文は、主として講談社版『与謝野晶子全集』に拠り、適宜漢字をあてて読みやすくした。

一、鑑賞は、一首につき見開き二ページを当てた。

与謝野晶子

01

ほととぎす嵯峨《さが》へは一里京へ三里水の清滝《きよたき》夜の明けやすき

【出典】明星十三号（明治三十四年〈一九〇一〉四月）

京都の都心からかなり離れた清滝まで来ると、昔から歌にも詠まれた明けやすい初夏の朝、ほととぎすが鳴いているのを耳にすることが出来る。

清滝は京都市右京区《うきょうく》嵯峨《さが》清滝町、嵐山《あらしやま》の西北約四キロ、愛宕山《あたごやま》の麓《ふもと》、清滝川の清流に臨《のぞ》む景勝の地。

この歌の初出は『明星』*十三号であるから、その年の春の作と思われるが、その頃清滝へ遊んだという事実はないので、その七年前に母と遊んだことを回想したものと思われる。作るにあたっては、江戸時代中期の狂歌《きょうか》師《し》、*頭光《つむりのひかる》の、

*明星―明治三十三年（一九〇〇）四月創刊。この歌は、のち『みだれ髪』初版〈以下同〉六十六番収載。

*頭光―狂歌「四天王」の一人と言われた。宝暦三年（一七五三）～寛政八年（一七九六）。本名・岸識之、別号巴人亭など。名前のよみ方不詳。

ほととぎす自由自在に聞く里は*酒屋へ三里豆腐屋へ二里

からその着想を得たものであろうということが容易に想像される。

頭光の歌も晶子の歌も、ほととぎすは都心からかなり離れた所へ行かなければ聞くことが出来ないという情趣をうたったものである。難解で生硬《せいこう》な歌が多いとされる『*みだれ髪』の中で平明《へいめい》で洒脱《しゃだつ》な歌として知られる。

そういうわかり易《やす》い諧調《かいちょう》のよい歌であり、清滝にしてみれば「御当地ソング」でもあるので、この歌は昭和三十三年（一九五八）に地元の清滝保勝会《ほしょうかい》によって清滝川にかかる渡猿《とえん》橋北詰西側の岸壁に歌碑として彫り込まれた。*吉《よし》井《い》勇《いさむ》が染筆《せんぴつ》した。

この歌碑が彫られてから二十四年後の昭和五十七年（一九八二）に、晶子とは別の時、*鉄幹《てつかん》がここで詠んだ、

かわらけを山に投ぐるもつぎつぎに遠くいたるはわが飛ぶに似る

も歌碑となった。

地形の都合で*比翼《ひよく》の形にはなっていない。

*酒屋へ三里……この表現自体が杜甫の詩による。

*みだれ髪―明治三十三年（一九〇〇）八月刊。

*吉井勇―高知県香美市出身だが京都情緒を詠んだ詩歌が多い。『明星』同人。のち『スバル』同人。

*鉄幹―晶子の夫。明治五年（一八七三）〜昭和十年（一九三五）。

*比翼―夫婦が仲良く翼を並べること。白楽天の『長恨歌』から出た言葉。

02

山畑にしら雲ほどのかげろふの立ちて洞爺《とうや》の梅さくら咲く

【出典】冬柏〈昭和六年〈一九三一〉六月号〉

山の畑に白雲のようなかげろうが立って、洞爺では梅と桜が咲き、まさに一時に訪れた春を告げている。

「洞爺」は洞爺湖（北海道虻田《あぶた》郡）。

晶子は昭和六年（一九三一）五月末、北海道帝国大学（現・北海道大学）などで講演するために渡道《とどう》し、ついでに観光もしようと思って、同行している夫*とともに六月四日に洞爺村（現在は洞爺湖温泉町）に来て二泊した。

そこで「*桜桃梅李《おうとうばいり》一時の春」というべき北海道の風情《ふぜい》を満喫して作った歌の一つがこれである。この歌は『*冬柏《とうはく》』同年六月号に「北海遊草」と題して

*同行している夫—晶子が講演旅行をする時、夫はいつもマネージャー役として同行していた。

*桜桃梅李一時の春—寒冷地で春の花が一斉に開くさま。

*冬柏—昭和五年（一九三〇）創刊。

詠まれた中の一つで、夫の、

船つけば向《むこう》 洞爺の桟橋《さんばし》に並木を出でて待てるさとびと

とともに比翼の歌碑として桟橋のきわに建てられている。「かげろふ」が「かげらふ」となっているが。建立《こんりゅう》した洞爺湖観光協会から委嘱《いしょく》されて染筆したのは晶子晩年の高弟で北海道芦別《あしべつ》市に住む西村一平（故人）である。この人の家には晶子関係の資料が沢山ある。

晶子はここで、ほかに、

*数しらぬ虹となりても掛かるなり羊蹄山《ようていざん》の六月の雲

などと詠《よ》んだりしたあと、*礼文華《れぶんげ》を経て函館に行き、定番の観光をしてから、市立図書館に寄って、岡田館長から、*石川啄木の残したノートなどを見せてもらう。晶子は啄木の才能を愛惜《あいせき》していたので、函館ではぜひその遺稿《いこう》を見たいと思ったのである。

函館港で、晶子は、

海峡の船にまたあり五月より六月となり帰り路となり

と詠んで北海道に別れを告げる。

*数しらぬ―35参照。
*礼文華―羊蹄山の麓の村。
*石川啄木―函館では尋常小学校の代用教員と新聞記者とをしていた。立待岬《たちまちみさき》に歌碑、函館山に墓がある。

03

五月雨《さみだれ》に築土《ついじ》くづれし鳥羽殿《とばどの》のいぬゐの池におもだか咲きぬ

【出典】明星四号（明治三十三年〈一九〇〇〉七月）

長雨のために築土が崩れた鳥羽離宮の西北の隅にある池にはおもだかが咲いている。


「新しい女」と言われた晶子の歌には、京都情緒を詠んだものが意外に多い。

「築土」は「築泥《つきひじ》」から転じた語で、泥や土で固めた土塀《どべい》。上に瓦《かわら》を乗せてあるのが多い。「鳥羽殿」は白河《しらかわ》・鳥羽《とば》両天皇の離宮で、鳥羽離宮と言っていたが、*京都御所より南に位置しているので城南離宮《じようなんりきゆう》とよばれるようになり、今は城南宮というのが普通である。

宮殿のほろびも知らぬげに*いぬゐの方角の池に*おもだかは今年も咲いてい

＊京都御所より南―JR京都駅八条口から南へバスで十数分、京都市伏見区。
＊いぬゐ―西北。
＊おもだか―「沢瀉」と書き、沼や池に自生する水草。初夏に三弁の花をつける。

る、という風情をうたっている。
鳥羽天皇はいったん皇位《こうい》を長男（崇徳《すとく》天皇）に譲ったが、やがてやめさせて四男（後白河《ごしらかわ》天皇）を立てたことから、「*保元《ほうげん》の乱」の張本人とされるが、文芸に秀《ひい》でていたので晶子は親しみを感じていたようである。

と同時に、荒れた離宮に皇位争いの夢の跡を見たのであろう。晶子が訪れた時はこの歌のように荒れていたが、観光材料のあまり多くない京都市南部の観光スポットとして修復整備され、晶子の、この歌の歌碑も建てられた。曲水《きよくすい》の宴がここで行われることもよく知られている。

晶子が京都情緒を詠んだ歌としては、

清水《きよみず》へ祇園をよぎる桜月夜こよひ逢ふ人みなうつくしき

が有名であるが、

*ほととぎす治承《ちしよう》寿永《じゆえい》の*おん国母《こくも》三十にして経よます寺

など*詠史《えいし》の歌も多い。

この歌は『みだれ髪』（一六七番）にあるが、初出の『*明星』四号では結句が「おもだかの咲く」となっている。

*保元の乱―保元元年（一一五六）におこる。

*ほととぎす…―34で詳述。

*おん国母―皇后、または天皇の生母。ここでは安徳天皇の生母の建礼門院徳子（平清盛の娘）。

*詠史―歴史上の出来事を詠んだ歌。

*明星四号―明治三十三年（一九〇〇）七月。

04

紀《き》の海をひがしへわしる黒潮に得たるおもひの名に借りし恋

【出典】明星十二号（明治三十四年〈一九〇一〉五月）

紀州の沖を東へ走る黒潮《くろしお》に名を借りたかのように奔流《ほんりゅう》するのがわが恋である。

「紀の海」は晶子が大阪府の堺《さかい》に住んでいたから、紀伊水道《きいすいどう》ともとれるが、「黒潮」とあるから、紀伊半島の南端あたりからの望見《ぼうけん》であろう。「わしる」は「はしる」の古語。歌意は「紀州の沖を東へ走る黒潮の名にふさわしいのが我が恋である」ということになろう。

晶子が自分の恋を黒潮にたとえたのは、奔流と情熱というイメージからであろうか。いかにも晶子らしい。

＊紀伊水道―和歌山県と徳島県の間の海峡。

この歌の初出は『明星*』十二号であるが、『みだれ髪』の三版*で、

　紺青《こんじよう》を絹にわが泣く春の暮やまぶきがさね友歌ねびぬ

とさしかえられている。四版本*でもそれが踏襲《とうしゆう》され、それ以後の文庫本や全集などでもすべて「紺青に……」がなくて、「紀の海の……」が採《と》られている。

なぜそのようにしたのか、晶子自身はその理由を明らかにしていないが、元の歌は「私は悩みが多いから思うように絵がかけないが、悩みのない友は歌作に専念できるからどんどん上達する」という意味になる。そうすると、芸術や文学はむしろ悩みや不しあわせを糧《かて》として伸びるものである、という通念に反するものではないかということを誰かに指摘されたのではあるまいか。

誰かとは誰か。『みだれ髪』について校閲者*《こうえつしや》の役をした鉄幹と思われる。初出紙誌との異同《いどう》、改版本との異同が、削除と補入《ほにゆう》にとどまらず、用字用語の改変も数多く、これらは鉄幹の意見を容《い》れたものと思われる。この時点では晶子はまだ鉄幹の弟子だったのである。

*明星十二号―『みだれ髪』初版では十一番。

*三版―明治三十七年（一九〇四）九月刊。

*四版―明治三十八年（一九〇五）三月刊。歌集の重版は珍しい。

*校閲者―原稿を点検する人。

05

伊予《いよ》の秋石手《いしで》の寺の香盤《こうばん》に海のいろして立つけむりかな

【出典】冬柏（昭和六年（一九三一）十一月号）

—石手寺の大きい香盤から立ちのぼる煙は伊予の秋空に映《は》えて海のような色だ。—


昭和六年（一九三一）秋、四国を講演旅行した時に、*石手寺《いしでじ》に参詣《さんけい》して作った歌で、昭和五十年（一九七五）十一月にこの寺の境内で歌碑となった。

「香盤」は、たらいぐらいの大きさの、やや深い銅製の容器で、その中に灰を入れて線香を立てるのだが、立ちのぼる香煙が秋空に映えて薄い水色に見えたので「海の色」とおもしろく表現したのだろう。

晶子が愛媛県を訪れたのは、県立宇摩《うま》高等女学校（現・県立川之江《かわのえ》高校）

*石手寺—愛媛県松山市石手にある。JR予讃《よさん》本線松山駅前から伊予鉄道道後《どうご》温泉駅へ行き、その駅前から奥道後温泉行きバスで約十分、石手寺前下車。

で講演するためで、講演のあと、近くで*佐々木二六《にろく》が営む「二六窯《かま》」へ案内されて、そこで皿に揮毫《きごう》した。その皿を晶子は持って帰らなかったので今もそこにある。ここで詠んだ歌、

四坂《しさか》なる銅の煙におとめらや伊予の二六のすえもののかま

は歌碑となって、その窯元《かまもと》の家の前にある。私が「*没五十年記念与謝野晶子展」の出品物をあつめるために四国を訪れた際、そこへも案内して下さった*山上次郎さんは晶子の作品の蒐集家《しゅうしゅうか》としても知られている。

晶子が道後温泉で詠んだ、

道後なる湯の大神の御社《みやしろ》のもとにぬる夜となりにけるかな

は、道後の「*湯神社」の記念スタンプとなっている。晶子が知れば苦笑いするしかなかろう。

道後から石手寺に行く途中に*正岡子規《まさおかしき》記念館があり、鉄幹の子規宛て書簡一通が収蔵されている。

*佐々木二六―伊予三島市にいた陶芸家。

*没五十年記念与謝野晶子展―平成三年（一九九一）秋、朝日新聞社、堺市博物館共催。

*山上次郎―斎藤茂吉の研究家、愛媛県議もつとめた。

*湯神社―道後温泉の守り神とされる。

*正岡子規―慶応三年（一八六七）～明治三十五年（一九〇二）。

06

悔いますなおさへし袖に折れし剣《つるぎ》つひの理想《おもひ》の花に刺《とげ》あらじ

【出典】明星十一号（明治三十四年〈一九〇一〉三月）

あなたの歌を「ますらおぶり」から「たおやめぶり」に変えたのは私です。でも恋こそ歌の永遠のモチーフなのです。ですからそうなったことを後悔することはありません。

＊この歌を理解するためには、与謝野鉄幹の歌が、晶子を知るまでは「虎剣《こけん》＊調」とか「ますらおぶり＊」、「壮士《そうし》風」などと言われていたのに、晶子を知るに及んで「星菫《せいきん》＊調」とか「たおやめぶり＊」と言われるようになったことを知らなければならない。

従って、この歌を解釈すると「私が袖で押さえたのであなたの剣が折れ、あなたは『ますらおぶり』から『たおやめぶり』へと変身されましたが、恋

＊この歌―『みだれ髪』四十六番。
＊虎剣調―男っぽい詠みぶり。
＊ますらおぶり―右に同じ。
＊星菫調―女っぽい詠みぶり。
＊たおやめぶり―右に同じ。

愛こそは文学の永遠のモチーフですから、それがあなたの文学的人生を傷つける刺になることはないのです。ですから、私と出会ったことによって歌柄が変った、と揶揄《やゆ》されているのではないかと気にされる必要はありません」ということになり、「たおやめぶり」になったと言われることを気にしている鉄幹によびかけたものと言える。

晶子は「ますらおぶり」時代の鉄幹の歌については「*正直な処、私は『*東西南北』が出ましても、*宅の歌には余り感服は致さなかったのでした。」と言っている。明治二十八年（一八九五）に出した第二歌集『*天《てん》地《ち》玄黄《げんこう》』も「ますらおぶり」で占められている。男が恋歌を作るのを軽蔑さえしていた。

最近はあまり言わないようであるが、昔はよく女は男次第と言った。そういう時代に、この歌は、私が男を変えた、ということであるからこういう歌を発表するとは、晶子はなんという自信家であろうと思わせるに足る歌である。

*正直な処……―『明星』明治三十七年（一九〇四）五月号所載の随筆「藪柑子《やぶこうじ》」。
*東西南北―鉄幹の第一歌集、明治二十七年（一八九四）に落合直文（文久元年（一八六一）〜明治三十六年（一九〇三））の世話で明治書院から出た。
*宅―夫。
*天地玄黄―これも直文の世話で明治書院刊。

07

夜《よ》の帳《ちよう》にささめき尽きし星の今を下界《げかい》の人の鬢《びん》のほつれよ

【出典】『みだれ髪』一番

天上で星となって睦言《むつごと》を交わしたが、夜が明けると人間界に戻って鬢のほつれもいとわずに現実に対処せねばならない。

『みだれ髪』冒頭の歌。

この歌には象徴的《しようちようてき》手法が用いられているので、「星」と「下界」がそれぞれ何になぞらえられたものであるのか、ということが最初から論争の的となっている。

与謝野鉄幹はこれについて「天上の夜の帳《とばり》が蜜の如くあまく、円満であったに引替《ひきか》へて、下界に降ろされた星の子の我は、今を恋の得がたきに痩《や》せ

＊天上の夜の……—『明星』明治三十四年（一九〇一）十月号掲載『鉄幹歌話』。

て、色なき鬢の如何《いか》に乱れ多きかを見給へ」と解釈しているが、天上の星の世界から、現実に生きるために苦しみ、そのために恋を知ることも出来ない人々の悶《もだ》えを見る、と解する人もあり、逆に、天上では星たちが睦言《むつごと》を交わしているのに、自分は地上にあってただ恋の世界に憧《あこが》れるだけである、という解釈もある。また、娘の時に抱《いだ》いていた結婚に対する幻想と、現実の結婚とのギャップ、という見方もある。というようにさまざまに解されている。

私は「天上の世界の夜に遊び、そのとばりの中で星となって恋の世界に遊び、こころゆくまで睦言を交した私たち、そのような満足感を抱いて一夜をすごした私が、夜が明けた今は、現実に戻って、悩みや苦しみの多い人間界の人となって、鬢もほつれるにまかせてその日その日の現実に対処《たいしょ》している」と解する。

難解だという世評を気にしてか、後に、

夜の帳にささめきあまき星も居ん下界の人ぞ鬢のほつるる

（『現代自選歌集』*）

などと改作している。

＊現代自選歌集―大正四年（一九一五）、新潮社刊のシリーズ。

08

師と呼ぶをゆるし給へな紅《べに》させる口にていかで友と言はれん

【出典】関西文学二号（明治三十三年〈一九〇〇〉九月）

紅をつけておしゃれをしたい小娘《こむすめ》の分際《ぶんざい》であなたを友達よばわりなど出来ましょうか、やはり先生とよばせて下さいな。

明治三十三年（一九〇〇）八月六日、関西青年文学会堺支会の有志が、関西方面を講演旅行中の与謝野鉄幹を招いて堺の浜寺《はまでら》の寿命館という料理旅館で歌《うた》会《かい》を催《もよお》した時、会員の一人として出席した時に詠んだ歌の一つである。

この歌から推測出来ることは、この席で晶子が鉄幹を「先生」とよんだのに対して鉄幹が「明星*派ではみんな友達で、師弟の間柄ではないんだよ」と持論《じろん》を述べたであろうことである。そう言われると晶子は困惑《こんわく》し「まだ紅を

*明星―01参照。

つけておしゃれをしたい小娘の分際で、どうしてあなたを友達とよべましょうか、やはり先生としかよびようがないので、そう言わせてほしい」と思い、そういう思いを詠んだのがこの歌である。

地方の同人誌にほそぼそと出詠《しゅつえい》していた程度の晶子の歌才《かさい》をいちはやく認めて『明星』に出詠させて指導したのは鉄幹であるから、鉄幹は晶子にとってもと「先生」だったのである。

『明星』が多くの若者を惹《ひ》きつけて発展した要素の一つは、その*六号の、おそらく鉄幹が作ったと思われる「*新詩社《しんししゃ》清規」に「新詩社には社友の交情ありて師弟の関係なし」として、いわゆる「宗匠主義」を否定していることである。この点は、正岡子規の言葉、時に*片言隻語《へんげんせきご》すら神のお告げであるかのようにかしこんだ*根岸短歌会と対照的である。

晶子の人生の転機となったと言ってもよいこの歌会については、出席者の一人である*中山梟庵《きょうあん》によって『*関西文学』二号に詳細に記録されており、この歌もここに出ている。『みだれ髪』には収められていない。

*六号—明治三十三年（一九〇〇）九月。

*新詩社—明治三十二年（一八九九）十月に鉄幹が設立。

*片言隻語—とるに足りないことば。

*根岸短歌会—明治三十二年（一八九九）創始。

*中山梟庵—『関西文学』同人、岡山県在住の医師。

*関西文学二号—明治三十三年（一九〇〇）九月。

09

ふたたびは寝釈迦《ねじゃか》に似たるかたちをば釘する箱に見ぬ日さへ無き

【出典】明星辰歳五号（明治三十八年〈一九〇五〉五月）

横たわる釈迦のような父の端然たる遺体を収めた箱に釘を打つ機会も与えられなかった日の思い出がよみがえる日があるだろうか。

この歌は父の*一周忌に*詠んだものである。

一年前、父が脳溢血《のういっけつ》で倒れたという電報が来て、晶子はすぐ東京からかけつけたが、臨終《りんじゅう》に間に合わなかった。

一足早く、これも東京からかけつけていた長兄・*秀太郎《ひでたろう》は*「志ようを家の中に入れるな」と叫んだ。長兄としては、父にそむいて出奔《しゅっぽん》した晶子がとむらいに来ても父は決して喜ばない、という気持だったのである。*弟の懇願《こんがん》

*一周忌―明治三十七年（一九〇四）九月十四日。

*詠んだもの―発表は『明星』明治三十八年（一九〇五）五月号。のち、歌集『舞姫』（第五歌集）明治三十九年（一九〇六）如山堂書店収載。

*秀太郎―当時東大工学部助手、のち教授となる。

によって、柩《ひつぎ》を拝むことだけは許されたが、その夜晶子だけが柩の安置されている部屋で寝ることを許されなかった。

晶子が生まれる直前に次兄が死んだので、父は男児《だんじ》を欲していたがかなわなかった。そういうことが尾を引いて晶子は自分を「父なる人におぼえむつまじからぬ人」と言っているが、今となってはなつかしさとかなしさがこみあげて、一周忌の席へかけつけたのであろう。

晶子が文名《ぶんめい》をあげるようになってからも彼女のイメージはふるさと堺ではあまりかんばしくなく、そういう雰囲気を晶子は、

ふるさとはつめたきものと蔑《なみ》しをり父の御《み》墓の石畳ゆゑ

と詠んでいる。

父は名を宗七《そうしち》といい、堺駿河屋の二代目当主で、市会議員となったこともあるが、あまり商売熱心ではなかったようである。晶子も、商売については「投げやりな父」などと言っている。

＊志よう—晶子の本名。

＊弟—三歳下の籌三郎《ちゅうざぶろう》。日露戦争に出征して、晶子に「君死にたまふこと勿《なか》れ」と叫ばれた。

10

取り出でて死なぬ文字をば読む朝はなほ永久の恋とおぼゆる

【出典】遺稿歌集『白桜集』

人は死んでも文字は死なない。故人の書き残したふみの数々を朝の光の中で読めば私の人生は永久の恋であったとしみじみ思われる。

これは、夫・寛《ひろし》（鉄幹）が亡くなってから三十五日目に詠んだ歌の一つである。

昭和十年（一九三五）二月六日が夫の最後の誕生日になろうとは神ならぬ身の知るよしもない。

その日、夫の六十三歳の誕生日を祝って、寛と晶子は数名の弟子とともに、湘南方面へ吟行《ぎんこう》に出かけた。その途次《とじ》、三浦半島へも寄り、その突端《とったん》に灯台があるのを見て夫は、自分は京都盆地に生まれて育ったから灯台を間近《まぢか》に見るのははじめてである、あれに登ってみたいと言い出し、許可を得て一番上まで登って太平洋の眺望を満喫したのはよいが、時は二月、海からの風にさらされて、夫は風邪《かぜ》をひいてしまった。

　帰京してもなかなか治《なお》らないので、医師である長男*の出身校である慶応義塾大学の病院に行って診断を仰いだところ、肺炎だから即入院ということになったが、手おくれだったのか、その三月二十六日にかえらぬ人となった。

　死去に伴う諸般《しょはん》のことがらも一ヶ月たてばほぼ終り、晶子は一人、朝の光の中で、夫の残した作品をよみ返しながら、人は死んでもその書いたものは死なない、三十五年に及ぶ結婚生活をかえりみれば、その間、いろいろとあったが、やはりそれは「永久の恋」だったと思う、という感懐《かんがい》を吐露《とろ》したのがこの歌である。同じ時、

　神田より四時間のちに帰るさへ君待ちわびきわれはとこしへ

とも詠んでいる。夫はさびしがりやだから妻の外出をいやがり、四時間ほどでも辛抱《しんぼう》出来ない、と言っていたが、これから私は、帰って来ないあなたを永久に待たなければならない、という感懐である。

*長男―光、医学博士。保健所長や東京都衛生局長など医療行政にもたずさわった。専門は結核。

11

よひの間のしぐれや霜とむすびけん真白になりぬにはの蓬生《よもぎう》

【出典】堺敷島会歌集十集（明治三十年〈一八九七〉一月）

宵のあいだから降っていたしぐれが霜となったのか、庭のくさむらがまっ白になった。

歌意《かい》は単純で、宵《よい》の頃から降っていたしぐれが夜半に凍って霜となったのであろうか、庭のくさむらが真白になった、というそれだけのことである。晶子にこのような自然詠《しぜんえい》＊があることを知る人は多くない。というのは、この歌は、晶子が十八歳の時、『堺敷島会歌集《さかいしきしまかい》』＊の第十集＊に発表されたものであるが、どの歌集にも収められていないからである。

その頃、資産家の娘は、嫁入り道具の一つとして和歌を学ばされることが

＊自然詠―自然の風物を詠んだ歌。

＊堺敷島会―明治二十九年（一八九六）四月に堺在住の旧派歌人によって結成。

＊第十集―明治三十年（一八九七）刊。

多かった。晶子もそういうたしなみを身につけるためだろうか、堺敷島会という伝統尊重《でんとうそんちょう》派の結社に入ったが、そこで作った歌は、

大空にたちまふ田鶴《たづ》はもろこゑに君が千とせを呼かはすらん

冬と春と中かきに咲く梅の花ゆきのした枝はにほひなりけり

などといった古今集的花鳥諷詠《かちょうふうえい》がほとんどだった。のちの晶子からは想像出来ない歌風だった。

晶子の先輩文学者である*樋口一葉《ひぐちいちよう》も、彼女は資産家の娘ではないが、武士の娘のたしなみとして、*中島歌子《なかじまうたこ》の歌塾《かじゅく》に入門して、もっぱら花鳥諷詠をたしなんでいたが、そこに集う令嬢《れいじょう》たちの、今風にいえば、ブランド物の見せびらかし的な雰囲気と、花鳥諷詠的な歌をよしとする指導に疑問を抱いたこともあって、その門を去った。晶子も、堺敷島会の機関誌『堺敷島会歌集』でしばしばほめられたが、より新しい感覚をもつ*浪華《なにわ》青年文学会を知るに及んでそちらへ移った。

ちなみに、晶子は先達《せんだつ》としての一葉を敬慕《けいぼ》し、その追悼会*に鉄幹とともに出席したりしている。

*樋口一葉―明治五年（一八七二）～明治二十九年（一八九六）。

*中島歌子―天保十一年（一八四一）～明治三十六年（一九〇三）。

*浪華青年文学会―明治三十年（一八九七）七月結成。

*追悼会―明治三十七年（一九〇四）一月、一葉旧居（東京・本郷）で開かれた時に晶子は出席。

12

いと重く苦しき事をわが肩に負はせて歳は逃足《にげあし》に行く

【出典】萬朝報《よろずちょうほう》（明治四十三年〈一九一〇〉十二月三十一日号）

与謝野家の名誉と生活を守るという重責を私の肩に負はせて歳月は容赦なく逃げ足で過ぎて行く。

この歌は、のち『春泥集《しゅんでいしゅう》』に収められた。

この歌が作られた明治四十年代は晶子にとって文字通り「いと重く苦しい」時であった。『明星』の掲げる浪漫《ろうまん》主義が、日露戦争後のきびしい世情《せじょう》には違和感しか与えなくなり、従って売上はどんどん落ち、石川啄木が鉄幹から聞いたとして宮崎郁雨《いくう》への手紙に記録しているところによれば、毎月三十円から五十円（当時の中堅サラリーマンの月給程度）の赤字を出し、それ

＊春泥集―第十歌集。明治四十四年（一九一一）、金尾文淵堂。

＊宮崎郁雨―啄木の函館在住時の文学上の友人。

＊手紙―明治四十一年（一九〇八）五月二日付け。

を背負ったまま明治四十一年（一九〇八）十一月号を最後として廃刊《はいかん》する。
なすすべもなく日を送る夫に代って借金の返済、自分達夫婦と多くの子供（この歌を詠んだ時、三男三女があった）の生活、要するに晶子にとって、与謝野家の生活と名誉はすべて「わが肩」にかかっていたのである。大晦日《おおみそか》にあたって、今年もこのようにして過ぎて行く、という感懐をうたったのがこの歌である。

失意の中で、子供にもうとまれ、文壇からも忘れ去られて、荒れがちの日々を送る夫、そういう家庭にじっと堪《た》えて、寝る時間も惜しんで原稿を書き続ける妻、というありさまは、大正二年（一九一三）に東京朝日新聞に連載*された小説『明るみへ』に如実《にょじつ》に描かれている。

『春泥集』にも、

あはれなる疎《うと》さとなりぬかりそめはかりそめとして恨み初《そ》めしを

一尺の中を氷の風かよひへだたれること千里のごとし

など、夫との心の離れを詠んだ歌が多い。晶子の辛抱と努力によって克服はされたが、この夫婦にとって最大の危機の時期であった。

＊連載―六月五日から九月十七日まで百回。

13

道たま〳〵蓮月《れんげつ》が庵《いほ》のあとに出でぬ梅に相《あひ》行く西の京の山

【出典】明星十一号（明治三十四年〈一九〇一〉三月）

梅をめでながら京都の山を君と歩いていると、はからずも大田垣蓮月が結んでいたという庵のあとに出た。

「蓮月」は、幕末《ばくまつ》から明治のはじめにかけて活躍した女流歌人、大田垣蓮《おおたがきれん》月《げつ》のことで、「庵」は彼女が最晩年をすごした草庵で、現在の地名でいえば、京都市北区神光院町にあった。「西の京」は東京に対する言い方。

この歌は、鉄幹と晶子が心身ともに結びついたとされる明治三十四年（一九〇一）一月（日*については諸説《しょせつ》ある）の京都でのあいびきの時に作った一連の歌の中にあり、『明星』のその年の三月号に「おち椿」と題してそれら

＊日については一五日・六日とする説が有力。

は発表された。のち『みだれ髪』（一三一番）に入れられた。

二人は*粟田山《あわたやま》での*きぬぎぬの別れを惜しんだあと、しばし京の街を逍遥《しょうよう》したのだが、なぜ「蓮月が庵」の跡へ行ったかというと、*鉄幹の父と蓮月は歌の友達であったので、鉄幹の名「寛」は蓮月がつけてくれたからである。しかし、鉄幹が*二歳九ヶ月の時に蓮月は亡くなっているので、鉄幹の記憶には全くないのであるが、かねて一度はそこに行ってみたいと思っていたであろうし、晶子に身の上話をするのにふさわしい場所と思ったのであろう。

鉄幹はこの日、晶子を京都市東山区の大谷廟《おおたにびょう》にある*両親の墓へも連れて行くのであるが、この日の二人の*道行きは晶子の人生の決定的転機だった。晶子の人生を映像化した作品には必ず出て来る。

鉄幹の父の出身地、京都府与謝郡加悦《かや》町（その頃は村）は数年前に「与謝野町」と改名した。その町立江山《こうざん》文庫では、礼厳と鉄幹関係の資料の蒐集《しゅうしゅう》につとめており、平成十年（一九九八）には、「礼厳と蓮月」という特別展も開かれた。

*粟田山―京都市東山区。

*きぬぎぬの別れ―男女が夜をともにした朝の別れ。

*鉄幹の父―与謝野礼厳《れいごん》（尚《しょう》絅《けい》）、旧姓細見、京都府与謝郡出身。

*二歳九ヶ月の時―明治八年（一八七五）十一月。

*両親の墓―鉄幹の父、礼厳は真宗大谷派の僧侶だった。

*道行き―相愛の男女の道中。

14

吉野山花ちる路のつづくかな龍燈《りようとう》めける宿坊の灯《ひ》に

【出典】歌集『こゝろの遠景』

龍を連想させるような形の宿坊のともしびに照らされて、吉野山ではどこまでも花の散る路が続く。

奥*の千本は今が丁度《ちようど》見頃《みごろ》であろう、というようなことを考えながら、晶子は昭和二年（一九二七）四月二十三日の列車で東京を出た。

一行は、夫の寛・次男の秀《しげる》・長女の八峰《やつお》と画家の石井柏亭《はくてい》*・歌友の関戸信二*、の六人。六女の藤子も行く予定だったが体調すぐれぬからか、行かなかった。

京都から、西村伊作*・正宗得三郎《とくさぶろう》*・有島生馬《いくま》*も加わった。

＊奥の千本―奈良県吉野の桜の名所の一つ。

＊石井柏亭―晶子や北原白秋等と親しかった。

＊関戸信二―「明星」の同人。

＊西村伊作―文化学院創立者・校長、昭和十八年（一九四三）四月に治安維持法

その日は京都に泊り、もう二泊して京都を観光し、奈良市内にも一泊して、二十七日、西村伊作と長女を除く七人で吉野に来て竹林院に泊った。「宿坊」とは竹林院のことである。

この宿坊には晶子の手紙や、

山の鳥竹林院の林泉を楽しむ朝となりにけるかな

さくら散る吉野のおくの僧坊のかけひの水の夕ぐれの宿

などの揮毫も残されている。

竹林院は吉野山で最も格式の高い宿坊で、当時の院主《いんじゅ》、福井良盈《りょうえい》は九十歳まで健在で、晶子がここに宿泊したことが自慢で、私も晶子の書を見せてもらった。やはり晶子が書き残した、

君にふみ書かむとかりしみよしの竹林院の大硯かな

が菓子受けの紙に印刷されている。

ここの庭園には寛・晶子の歌を併刻《へいこく》した歌碑の他、*西行《さいぎょう》の歌碑も建てられている。

この歌のある歌集『こゝろの遠景』*は生前最後の歌集。

違反で検挙され終戦で免訴。

*正宗得三郎―正宗白鳥の弟、画家。

*有島生馬―有島武郎の弟、画家。

*西行の歌碑―歌は「吉野山去年《こぞ》の栞《しおり》の道かへてまだ見ぬ方の花をたづねむ」。

*こゝろの遠景―昭和三年（一九二八）日本評論社。

15

われ病む日八十《やそ》まがつびの神います家とおもへり君悲しむに

【出典】東京二六新聞（明治四十一年〈一九〇八〉四月二日）

私の病気をあなたは悲しみ案じてくれるが、そういう時には我が家には沢山の邪悪な神が住みついているのかと思ってしまう。

「まがつびの神」は不幸をもたらす神、つまり悪魔である。「八十」は多数の意。「まがつび」は「まがつみ」とも読む。

この歌は『東京二六新聞』の明治四十一年（一九〇八）四月二日号に出ている*。その頃、文壇の大勢《たいせい》は、日露戦争後の不況とすさんだ世相を背景とした自然主義*の擡頭《たいとう》いちじるしく、浪漫主義を掲げる『明星』の経営状態は著《いちじる》しく悪化し、月々三十円から五十円の赤字だった*。

*出ている―のち、歌集『常夏《とこなつ》』（第七歌集、同年七月、大倉書店）に収載。
*自然主義―現実をありのまま描こうとする文学上の主張。
*月々…赤字―12参照。

その赤字を埋めるのは、『明星』の凋落《ちょうらく》と反比例してとみに文名のあがって来た晶子である。今や晶子なくしては『明星』も与謝野家の生活も支えられなかった。石川啄木が「今や鉄幹氏は晶子さんに傭《やと》はれた編輯長《へんしゅうちょう》」と言っているのは言い得て妙《みょう》である。

しかし、そのために無理に無理を重ねて来た晶子は明治四十年（一九〇七）の大晦日に狭心症《きょうしんしょう》のために倒れた。その予後《よご》を養《やしな》っていた時の歌がこれで『明星』の断末魔に加えて自分も心臓を病むとは、我が家には沢山の悪い神が住んでいるのであろうか、君が悲しむにつけても」という意味であるが、鉄幹は、

人の屑《くず》われ代り得ば今死なむ天の才なる妻の命に

と詠んで平癒《へいゆ》を祈った。自分を「人の屑」とまで言うとは、才能のありすぎる妻を持った男の悲劇である。

しかし、数え年で三十になった晶子を、啄木は「目下老境に向かひて生気なく…」と*菅原芳子《すがわらよしこ》あての手紙で言っている。歌集『常夏』には三十歳になった感懐を詠んだものがすくなくない。

＊菅原芳子—大分県在住の明星派歌人、啄木が嘱望していた。

16
明けくれに昔こひしきこころもて生くる世もはたゆめのうきはし

【出典】『新新訳源氏物語』（脚注参照）

昔こいしく思いながらあけくれを過ごしているが、人生は所詮《しょせん》はかないゆめのうきはしである。

晶子は『源氏物語』*の二度目の現代語訳をするにあたって、すべての帖《じょう》のはじめに、それぞれの帖の「讃歌」とでもいうべき自作の歌を入れるというユニークなことをこころみている。この歌は最後の帖の「夢の浮橋」につい て詠んだ歌。

「夢の浮橋」は、薫《かおる》大将が比叡山・横川《よかわ》*に僧都《そうず》*を訪れた際、その近くの小野の里に尼となってひっそりとすんでいる若い女が、実は自分が以前に愛し

*源氏物語―平安時代の代表的物語。紫式部作。

*横川―浮舟を助けた僧の住まいがあった。

*僧都―僧正につぐ位階。

た浮舟《うきふね》であることを知り、使者に手紙を持って行かせるが、浮舟は会うのを拒み、手紙も受けとらず、使者はむなしく帰る。かくてすべては茫々《ぼうぼう》の彼方へ去る。

晶子がこの完訳『新新訳《しんしんやく》源氏物語』を成しとげた時（昭和十四年〈一九三九〉）、当時としては老境《ろうきょう》というべき六十歳に達しており、夫とも死別していた。この歌はそういう時の心象《しんしょう》風景をこの物語の最後の場面に託して詠んだものということが出来る。

浮舟自体を詠んだ歌は、

　何よりも危ふきものとかねて見し小舟の中にみづからを置く

であるが、これらを含む「宇《う》治十帖《じじゅうじょう》」を詠んだ十首は、宇治の平等院《びょうどういん》の近くで歌碑となっている。

＊『新新訳源氏物語』は金尾文淵堂より出され、晶子生前最後の出版記念会が上野の精養軒で盛大に行われた。

戦中戦後の荒廃の中でこの本のことも忘れられ、晶子も他界《たかい》したが、昭和二十五年（一九五〇）、十一年ぶりに三笠書房から復刊され、現在も角川書店などから版を重ねている。

＊新新訳源氏物語―昭和十三年（一九三八）第一回配本、翌年九月完結、六巻。

17

焦げはてしピアノの骨の幾つをば見ん日なんども誰おもふべき

【出典】カメラ（大正十二年〈一九二三〉十月号）

大地震にともなう大火のために焦げ果てたピアノの骨を見る日の来ることなどを誰が想像したであろうか。

関東大震災の時晶子はどうしていたか。

東京市麹町《こうじまち》区富士見《ふじみ》町（現・東京都千代田区富士見町）にあった*与謝野家は幸い倒壊を免れたが、晶子が創立に関与し、みずから学監《がっかん》（教頭にあたる）をつとめ、源氏物語の講義や短歌の指導などをしていた*文化学院は焼失してしまった。

*地震がおこった時には晶子は在宅していたが、書きかけのまま置いてあっ

＊与謝野家―JR中央線飯田橋駅西口より西へ徒歩三分北側、借家《しゃくや》、現在は東京逓信《ていしん》病院の敷地の一部となっており「与謝野鉄幹晶子旧宅跡」の碑が立っている。

た『新新訳源氏物語』*の原稿のことなどが気になって、瓦礫《がれき》を踏んで文化学院へかけつけた。
この歌はその時の詠《えい》で『カメラ』という写真雑誌の同年十月号に「火の後」と題して載せられた中の一つである。文化学院が開校したのは大正十年四月だった。
晶子が関東大震災を詠んだ歌には、
あさましき夢かなあはれ目の前にひまなく白き柩《ひつぎ》運ばる
人はみな亥《い》の子のごとくうつけはて火事と対する外濠《そとぼり》の土堤《どて》
などがある。
創立わずか二年あまりで倒壊焼失《とうかいしょうしつ》した文化学院は、翌年同じ場所*に再建され、ベル・エポックをしのばせる姿を見せていたが、老朽化のため、八年前建てかえられた。ちなみに笠間書院からは東へ徒歩五分。

*文化学院―西村伊作らによって創立。
*地震がおこった時―中央気象台の発表では、大正十二年（一九二三）九月一日午前十一時五十八分四四秒。
*『新新訳源氏物語』の原稿―この時「宇治十帖」にさしかかっていたが、焼失。
*同じ場所―JR中央線御茶の水駅西口から南へ二つ目の筋を西へ入って約百メートル北側。

18

正月は松風よりもまろうどの男の袴さやかにぞ鳴る

【出典】歌集『こゝろの遠景』

のどかな正月、廻礼《かいれい》の男のはいている袴《はかま》の折目のように
折目正しく鳴る音が松風よりもすがすがしく聞こえる。

この歌は晶子生前最後の歌集『こゝろの遠景』*に収められているが、『女子作文新講』*の中で「正月に鎌倉の或《ある》人の家で詠んだ歌である。のどかな正月で、近い山にも、庭の中にも、松風がほのかに鳴ってゐるが、廻礼の男の穿《は》いてゐる、折目の正しい、よい袴の触れて鳴る音が、その松風よりも際立って清清《すがすが》しく聞える。作者は、松の多い土地で、この袴の音に、正月の快さを感じたのである」と自釈《じしゃく》しているので、歌意はそれに尽きよう。そういえ

*こゝろの遠景―14参照。
*女子作文新講―昭和四年（一九二九）、国風閣《こくふうかく》。

ば鎌倉には松が多い。
この自釈文は、昭和初期に書いたさまざまな歌論などとともに、改造社《かいぞうしゃ》版の『与謝野晶子全集』の*第十巻に「短歌の鑑賞と作り方」と題して収められているが、その際、「まろうど」を「客人」と漢字で表記している。ところが*改造文庫ではまた「まろうど」とし、「松風」も「松かぜ」としている。晶子が出した歌論書には『*歌の作りやう』や『*晶子歌話』があるが、その中で自分の歌をふんだんに使って注解《ちゅうかい》をしているので、解釈をこころみる時に便利である。

晶子はめでたい歌はあまり作っていない。めでたい歌はあり来たりになりがちだからであるが、強いてさがすと、

舞ごろも霞に似たる羅《うすもの》の先づ目にすなり春の初めに

小雪ちり近江《あふみ》の琵琶のみづうみの白さに明けぬ正月の空

などがある。

*第十巻―昭和八年（一九三三）。

*改造文庫―昭和四年（一九二九）刊の自選歌集。

*歌の作りやう―大正四年（一九一五）、金尾文淵堂《かなおぶんえんどう》。

*晶子歌話―大正八年（一九一九）、天佑社《てんゆうしゃ》。

19

夏やせの我にねたみの二十妻《はたち》里居の夏に京を説く君

【出典】歌集『みだれ髪』二九六番

夏やせする思いで新世帯《しんじょたい》を切り廻している私にあなたは京都での山川登美子さんとの思い出話ばかりする、ねたましい。

『みだれ髪』に収められている三九九首のうち、三八五首は与謝野鉄幹との出会いから、東京へ出奔して*志《こころざし》をとげるまでの道行きの中で詠まれたものであるが、この歌は鉄幹と世帯を持ってから詠んだ、『みだれ髪』の中では数すくない歌の一つである。

鉄幹と晶子がはじめて世帯を持ったのは明治三十四年（一九〇一）の六月なかばごろであるが、慣れぬ土地での貧乏世帯のやりくり、近所の人や新詩社同

＊東京へ出奔―明治三十四年（一九〇一）六月前半の某日とされている。

人たちの白眼視《はくがんし》のため、晶子はやせる思いであったと思われる。そういう晶子をかばうのは鉄幹しかいないのに、鉄幹は、せっかく思いがとげられた晶子の気持を逆なでするように、京都での、山川登美子*と三人で遊んだ時の思い出ばなしばかりする。「京を説く君」とはそういう意味である。だから私はねたみ心を持つ二十妻となるのである、というのがこの歌の意味するところである。晶子はその時、当時の数え方でいえば二十四歳であったが、そこは言葉のあやとしての許容範囲であろう。世帯を持った場所は「東京府豊多摩郡渋谷村字中渋谷二七二番地」、ＪＲ山手線渋谷駅の少し東南で「新詩社跡」の碑が立っている。

そこでの新世帯を詠んだ歌をもう一首あげると、やはり『みだれ髪』に、

　小傘《をがさ》とりて朝の水くみ我とこそ穂麦あをあを小雨ふる里

というのがある。これによってわかるように、当時の渋谷はまだ農村で、水道も来ていなかった。

『みだれ髪』に収められている歌はほとんどそれ以前に発表されたものであるが、この歌は歌集を出すにあたって作ったもので、従って『みだれ髪』の中では新しい歌である。

＊山川登美子―明治十二年（一八七九）～明治四十一年（一九〇八）。

20

一人出で一人帰りて夜の泣かる都の西の杉並の家

【出典】読売新聞（昭和十年〈一九三五〉六月一日号）

夫が亡くなったあと、家を一人で出て一人で帰り、夜もひとりぼっちの杉並の家で泣く私。

夫が亡くなったあとの孤独感をうたったもので、昭和十年（一九三五）六月一日の読売新聞に「わが五月」と題して発表された歌の一つ。夫*はその年三月二十六日没。

その時分《じぶん》の晶子の外出は、おもに文化学院への出講《しゅっこう》であった。夫もこの学校に勤務していたので、出勤する時はいつも一緒であったが、夫が亡くなると、往きも帰りもひとりぼっちである。そういう感懐を詠んだのがこの歌

＊夫は……─10参照。

である。
「杉並の家」は晶子夫妻がはじめて持った自前の家である。建てたのは昭和二年（一九二七）。場所は、当時の地名では東京府豊多摩郡井荻《いおぎ》町字下荻窪《しもおぎくぼ》、現在は東京都杉並区南荻窪四丁目三番二二号。現在は区の公園になっていて、晶子夫妻が住んでいたという表示がある。

　この家が建てられた時、晶子は数え歳五十だったので、弟子達が書斎を寄贈した。『明星』の後継誌『冬柏』にちなんで『冬柏亭《とうはくてい》』と命名された。「晶子生誕百年記念展」*にこの書斎のレプリカが作られた。夫が亡くなったあと晶子は一人でこの書斎で執筆にいそしんでいた。

　晶子没後、ここは借地《しゃくち》だったために家がとりこわされることになったが、高弟の岩野喜久代らの尽力《じんりょく》によって、冬柏亭が京都の鞍馬寺の寺域に復元された。管長*が晶子の歌の弟子だった縁による。

　晶子が校区内に住んでいることに着目した桃井尋常《じんじょう》小学校では校歌の作詞を依頼した。晶子は快諾した。校名は桃井第二小学校とかわったが、その校庭に晶子作詞の碑がある。その原稿は今も校長室に保存されている。

*晶子生誕百年記念展―高島屋堺店、昭和五十三年（一九七八）十月。

*管長―信楽香雲《しがらきこううん》、鞍馬弘教を創始した。現在はその長女香仁が管長。

21 よしあしは後《うしろ》の岸の人にとへわれは颶風《ぐふう》にのりて遊べり

【出典】新日本（明治四十四年〈一九一一〉十一月号）

私のしていることの是非《ぜひ》は後世の人が決めてくれる。私は世間の非難の嵐を波乗りのように楽しんでいるだけだ。

「颶風」は風速三十メートル以上の暴風雨のことであるが、今ではほとんど使わない。ちなみに、坪内逍遥*はシェークスピア*の「テンペスト」を「颶風」と訳している。

『明星』*廃刊後の与謝野家の生活と名誉はひとえに晶子の双肩《そうけん》にかかっていたので、晶子はなりふり構わず稼がなければならなかった。

いつの間にか、与謝野家を訪れる人が「先生いらっしゃいますか」という

＊坪内逍遥―安政六年（一八五九）〜昭和十年（一九三五）。
＊シェークスピア―イギリス中世の劇作家。
＊明星廃刊―明治四十一年（一九〇八）十一月。

時の「先生」とは晶子のことであって、夫・鉄幹のことではなくなった。

そういう晶子に対して「御主人をお尻の下に敷いている」などという中《ちゅう》傷《しょう》がしばしばふりかかる。晶子はそれに対して「私がなりふり構わずに稼いだりせず、遠慮がちに過ごしていたら与謝野一家は日干《ひぼ》しになってしまう。私は好きこのんで夫をないがしろにしているわけではない」と応酬《おうしゅう》する。

この歌はそういう心境を詠んだもので、その意味は「私がやっていることの是非は後から来る人、つまり後世の人に問えばよい、私はむしろ世間の激しい波風の中で、波乗りをたのしんでいるような心境だ」ということになろう。

「君死にたまふこと勿れ*」の一件の時も、百年後の評価を待つ、と言っているが、世間の誹謗中傷《ひぼうちゅうしょう》に対してそういう姿勢で対応したのも、晶子の生き方の一つである。

この歌は『新日本』の明治四十四年（一九一一）十一月号に「独夜集」と題し発表している歌の一つで、その翌年に出した第十歌集『青海波*』に収められている。

＊君死にたまふこと勿れ―『明星』辰歳九号（明治三十七年（一九〇四）九月）に発表。「旅順口包囲軍の中に在る弟を歎きて」と副題。

＊青海波―第十一歌集。

22

水渡る風なつかしくほろ苦し甲斐《かい》の深山《みやま》のあかつきにして

【出典】冬柏（昭和八年〈一九三三〉十一月号）

甲斐の深山の夜明けは峡谷を渡る風がなつかしくもほろ苦い。

この歌は、昭和八年（一九三三）夏、夫とともに山梨県下に遊んだ時の作で、『冬柏』の同年十一月号に「峡中抄《きようちゆうしよう》」と題して発表している六十三首中の一つである。その時夫妻の世話をしたり、観光のお供《とも》をしたりしたのが、山梨県南巨摩《こま》郡増穂《ますほ》町で萬屋《よろずや》という屋号で酒造業＊を営む家の御曹司《おんぞうし》、中込《なかごめ》純次である。鉄幹と晶子は、一宿一飯《いっしゆくいっぱん》のお礼というわけで同家に色紙や短冊《たんざく》を残した。

＊酒造業―主力品を「春鶯囀《しゆんのうてん》」といい、これをめでた晶子の歌もある。

同家に、晶子が揮毫した*二曲一雙《にきょくいっそう》の「*百首屏風」もある。これは晶子が渡欧資金を作るために作ったものの一つと思われるが、これがどのようないきさつで中込家にあるようになったかは、純次も世を去り、現在はその甥の妻である菊子が当主、というように、代がわりを重ねているので分からない。かなり傷《いた》んで来たので、十五年ばかり前に修復して甲府市の山梨県立文学館で展示された。

この歌は、中込家で朝を迎えた時に作ったものと思われるが、「深山」とあるように、そこは甲府から身延《みのぶ》線で西南に入ったかなり山深い所である。最寄りの駅の名は鰍沢《かじかざわ》という。

この時の歌には甲州の歴史や伝説を詠んだものが多いが、

自在観わが倚る岩を押さへたり若き純次も力者《りきしゃ》のごとく

と、純次の名を詠みこんだ歌があるのもおもしろい。純次は文化学院に入学して晶子の教えを受け、それが縁となって『明星』の後継誌『冬柏』の同人となった。

山梨県にはその後、昭和十五年（一九四〇）にも遊び、その翌年には*転地療養《てんちりょうよう》もした。

*二曲一雙―二つ折りで一つの屏風。
*百首屏風―明治四十四年（一九一一）。
*転地療養―24参照。

23

裏街や行方も見えぬ蚊遣火《かやりび》の煙の中に三味《しやみ》の音《ね》ぞする

【出典】関西文学一号（明治三十三年〈一九〇〇〉八月）

裏街をどこへともなく立ちのぼる蚊遣火の煙の中に三味線の音が聞こえて来る。

『関西文学』の一号に「新星会近詠」として九首登載《とうさい》されている中の一つで、遊芸《ゆうげい》が盛んであった堺の町の夜の情緒《じょうちょ》がよく表現されている。夏の夜、浴衣《ゆかた》でも着て外出した折のことであろうか。「三味の音」に耳をとめたのは、晶子自身、三味線を習っていたからであろう。

晶子は三味線より琴《こと》をやりたかったのだが、母が、琴はうつむいて弾くので胸を圧迫《あっぱく》してよくない、三味線はそりかえってやるから姿勢がよくなる、と言って琴をやらせてくれなかったという。母がそう思ったのは、琴をやっていた次姉（晶子とは異母）が肺結核《はいけっかく》で亡くなったので、そう思い込んだようである。

この歌が出ている『関西文学』は以前は『よしあし草』と言い、晶子はその十一号*から出詠している。その前は「堺敷島会*」という結社に入っていたが、花鳥諷詠的歌風をあき足りなく思っていた。

『よしあし草』は二十六号まで続いたが、誌名が大阪以外の人にはわかりにくいので、『関西文学』と改称して再出発したが、その一号には「二十七号」と併記《へいき》してある。

しかし、第六号*をもって終刊した。晶子はその「堺支会」のメンバーだった。

この歌と並んで、

殊更に淋しき小路《こうじ》人のもとへ急ぐ袂をひくやからたち

など堺情緒を詠んだ歌がこの号に見える。

*十一号―明治三十三年（一九〇〇）二月。

*堺敷島会―11参照。

*第六号―明治三十四年（一九〇一）二月発行。

24

甲斐源氏天目山《てんもくざん》に滅びたる三百年ののちの秋風

【出典】冬柏（昭和十六年〈一九四一〉十一月）

――武田一族が滅びた天目山の秋風をその三百年後に聞きながら私もここで死を迎えるのだろうか。――

「病を依水荘《いすいそう》に養ふ」と題して『冬柏』昭和十六年（一九四一）十一月号に発表された作品の一つで、のち遺稿集『白桜集《はくおう》』*に収められた。

晶子は昭和十五年（一九四〇）五月六日、自宅の浴室で脳溢血《のういっけつ》で倒れ下半身不《ふ》随《ずい》となり、翌年、歌の弟子である上野精養軒社長、有賀精《あるがっとむ》*の厚意《こうい》で、山梨県上野原村にあるその別荘で療養することになった。「依水荘」はその別荘の名である。今は、甲州街道をはさんでその斜め向かいで「スバルセンター」

*白桜集―平野萬里等が選歌・編集。昭和十七年（一九四二）、改造社。

*有賀精―神奈川県真鶴に本宅があり、そこに晶子歌碑がある。

というパチンコ屋と朝鮮焼肉屋を経営する韓国人の所有となり、その事務所兼従業員宿舎となっている。

晶子はその年七月から九月までここに滞在し、小康《しょうこう》を得て帰京し、誕生祝賀会を開く（十二月七日）ほどに恢復《かいふく》するのであるが、年があらたまるとすぐに狭心症《きょうしんしょう》を起こし（一月四日）、五月十八日に尿毒症《にょうどくしょう》を併発して昏睡《こんすい》状態に陥《おちい》り、同月二十九日午後四時三十分、自宅で亡くなった。六十三年五ヶ月の生涯であった。

従って、この歌は亡くなる半年ほど前の作である。

「甲斐源氏」は武田一族のことで、*信玄《しんげん》の不肖《ふしょう》の子、*勝頼《かつより》の敗死《はいし》をもって滅びた。勝頼の子が九州に逃げのびたという俗説《ぞくせつ》もある。この療養中に詠んだものには、

　やがてはたわれも煙となりぬべしわが子の家の焼くるのみかは

　山の花それとはかなき言づてを貞子《さだこ》に託す多磨*のおくつき

など、「滅び」をうたった作品が多い。「貞子」は晩年の高弟、本城寺貞子《ほんじょうじ》のこと。

*信玄―甲斐の城主。
*勝頼―信玄の長男。
*多磨のおくつき―東京の多磨墓地、鉄幹も晶子もそこに眠る。

25

松かげにまたも相見る君とわれゑにしの神をにくしとおぼすな

【出典】明星七号（明治三十三年〈一九〇〇〉十月）

又お目にかかりましたが「変な女に又会わせた」と、神様を憎まないで下さいね。

鉄幹との道行きの歌（『みだれ髪』所収、三二五番）である。

晶子が鉄幹にはじめて会ったのは明治三十三年（一九〇〇）八月五日、大阪市東区（現・中央区）安土《あづち》町にあった大阪書籍商組合での、鉄幹の「新派和歌に対する意見」と題する講演を聞きに行った時であるが、個人的に親しく言葉をかわしたのは、その翌日、晶子の家から程遠くない堺・浜寺の寿命館で行われた関西青年文学会堺支会による鉄幹歓迎歌会の時だった。

その二日後の夜、鉄幹は、晶子と山川登美子とを誘って、少年時代に修《しゅ》行僧《ぎょうそう》として過ごした*安養寺をなつかしんで、*住吉大社《すみよしたいしゃ》あたりを散策した。

晶子はこの時、

　月の夜の蓮の*おばしま君うつくしうら葉の御歌わすれはせずよ

などと、鉄幹への慕情をうたっているが、鉄幹の旅程《りょてい》については、その翌日岡山へ行って新詩社岡山支部の歌会に臨《のぞ》み、その地で仏道修行している*長兄を訪ねてから東京へ帰る、と聞いていた。

ところが、鉄幹はまた堺に来て晶子を浜寺へ散策に誘った。この歌はその時の歌である。

歌意は「松かげでまたお目にかかりましたね。私はそれをとても嬉しく思っております。ですからあなた、変な女とまだ会わせるなんてつまらないことを神様はなさるものだ、などと神様を憎まないで下さいね」ということになり、鉄幹が自分に対してどのような気持を持っているか、はかりかねている歌である。

浜寺の風情は昭和三十年代半ばまでは晶子の頃とあまり変わらなかった。

*安養寺―大阪市住吉区、当時は住吉村。
*住吉大社―漁師を守るやしろとされる。
*おばしま―欄干。
*長兄―和田大圓。岡山の安住院で修行し、晩年、高野山の大師教会本部長を勤めた。

26

但馬《たじま》路へ日のおちゆけばみづいろの夕風やがて山荘を巻く

【出典】京都府峰山町の吉村家の屏風（昭和五年〈一九三〇〉五月十八日詠）

但馬路に日が落ちて、水色の雲が夕風に乗って山荘をとりかこんだ。

京都府中郡《なか》峰山町で丹後縮緬《たんごちりめん》の製造会社を経営している吉村孝道が、自宅の納戸《なんど》を整理していたところ、晶子の署名のある手紙や色紙類が十五点も見つかったので、産経新聞京都支局に知らせた。そこで産経は私に調査を依頼して来たので、平成四年（一九九二）十二月十二日から二日間にわたって調査した結果、二つ折の屏風に書かれていた十三首のうち、三首が全集*に収められていないことが判明した。その中の一首がこの歌である。これらの歌を晶子

＊全集―昭和五十五年（一九八〇）〜五十七年（一九八二）、講談社。

が残したのは昭和五年（一九三〇）五月十八日のことである。この前日、晶子は、峰山町に隣接する与謝郡加悦《かや》町（当時は村）に、夫、鉄幹の父で歌人や*啓蒙《けいもう》思想家としても知られる与謝野礼厳《れいごん》（旧姓細見）の「追念《ついねん》碑」が建てられることになり、その除幕式に参列するために夫妻で来ていたのである。

そのついでに吉村家を訪れたのは、孝道の母、千代（故人）が『明星』の後継誌『冬柏』の有力同人だったからである。歌の中の「山荘」は「桜山《さくらさん》荘《そう》」という吉村家の別荘で、ここに泊めてもらったので、そのお礼として色紙などに揮毫したものと思われる。

加悦町は今は「与謝野町」と名を改め、その町立江山《こうざん》文庫では礼厳の資料の蒐集につとめている。「江山」は、*大江山《おおえやま》のことで、この山荘からよく見える。

千代の日記も見せてもらったが、十七日に千代が、当時田舎では珍しかった自家用自動車で峰山駅まで迎えに行き、吉村家で一服したあと、京都府立峰山高等女学校（現・同峰山高校）で講演したことなどが詳細《しょうさい》に記されている。

＊啓蒙思想家―一般の人の知的水準を高めようとする人。

＊大江山―鬼が棲むと言われた山。

あだにかく黒髪おつと封じこしぬたけにあまれる玉章《たまづさ》の裡《うち》に

【出典】よしあし草二十一号（明治三十二年〈一八九九〉十二月）

身の丈にあまる手紙の中に、黒髪が落ちたので封じ込めた、と冗談めいて書いてあった。

これは『よしあし草』[*]二十一号に「恋の歌の中に」と題して掲載されている歌で、まだ鉄幹を知らない頃の作である。

晶子は鉄幹を知る前も恋歌《こいうた》めいたものを作っているが、それは源氏物語などを読んだりしての空想の所産《しょさん》であって、現実に身を焼くような恋の相手は鉄幹がはじめてである、と晶子はしばしば言っている。しかし、鉄幹と出会う前に河野鉄南《こうのてつなん》を思慕《しぼ》していたのではないかという人も多い。

＊よしあし草二十一号―明治三十二年（一八九九）十二月。

晶子が、浪華《なにわ》青年文学会（のち、関西青年文学会）に入り、その機関誌『よしあし草』（のち『関西文学』）に作品を出すようになるのは、それまで入っていた*堺敷島会という結社の古い体質にあき足らなく思っていた矢先、弟・籌三郎《ちゅうざぶろう》が入会しようとしていた浪華青年文学会の存在を知ったからである。晶子の作品がはじめて『よしあし草』に出たのは明治三十二年（一八九九）十一月号で、作品は「春月」という*島崎藤村《とうそん》調の*新体詩《しんたいし》である。

晶子の初恋人という俗説のある河野鉄南は、晶子の生家《せいか》から徒歩十分あまりの所にある*覚応《かくおう》寺という西本願寺派の寺の住職であったが、浪華青年文学会の有力メンバーの一人で、その堺支会の幹事であった。

晶子が河野鉄南にはじめて会ったのは、浪華青年文学会堺支会が世話役として堺市の浜寺公園にあった鶴廼家《つるのや》で明治三十三年（一九〇〇）一月五日に行われた「関西文学同好会新年大会」の時であった。それを契機《けいき》として晶子は鉄南によく手紙を書き、鉄幹を知る前の晶子を知る資料として読むほどに興味が尽きない。覚応寺に二十九通（全部封書）が残っていたが、先年、仏教の縁で大正大学に寄贈された。

＊堺敷島会―11参照。

＊島崎藤村―明治五年（一八七二）～昭和十八年（一九四三）。

＊新体詩―明治前期の新しい体裁の詩。

＊覚応寺―堺市堺区九間《くけん》町に今もある。

28

わかさやのうらわかぐさのもちひゆゑ老いぬ十《と》とせをたれもえしかな

【出典】藤田芳次郎宛て書簡〈昭和五年〈一九三〇〉六月二十五日〉

――若狭屋《わかさや》のうらわかぐさという餅《もち》を食べれば誰でも老いずに十年は長生きする。――

和紙にちらし書きされ「晶子」と署名《しょめい》されたこの歌が京都市中京《なかぎょう》区の和菓子屋、二条若狭屋で平成元年〈一九八九〉の春に見つかった。当主の話によると、店の増改築にあたり、蔵《くら》の整理をしていたところ、祖父藤田芳次郎が長持にしまっていた沢山の手紙、色紙類の中からこの歌が出て来たという。当主は藤田実。

祖父は、竹内栖鳳《せいほう》をはじめ、多くの文人、学者、芸術家などと交遊関係があったと聞いたので、この「晶子」は与謝野晶子ではないかと思ってさらに探したところ、昭和五年（一九三〇）六月二十五日の消印で「東京市麹町区富士見町五―九／与謝野晶子」と差出人《さしだしにん》の名が印刷された封書が出て来た。これには「ゆっくりと硯《すずり》にむかう暇もなくて遅れましたがお喜び申しあげます」などと書かれていた。

歌の意味は「若狭屋のうらわかぐさという餅を食べると誰でも老衰《ろうすい》せずに十年は長生きする」ということだが、若狭屋とどういうかかわりがあったかははっきりしない。

知らせを受けた朝日新聞の要請《ようせい》で私が調べたところ、細いさらさらとした文字と署名の特徴から見て晶子が書いたものと断定出来た。店主にでも頼まれて即興《そっきょう》で作ったものであろう。名歌《めいか》というわけでもないが、全集にないという意味で価値ある発見である。

晶子は筆まめな人で、旅先でせがまれたりした時は気軽に揮毫しているので思わぬ所から墨蹟《ぼくせき》が見つかったりする。

若狭屋の当主は「与謝野晶子さんたちと交流のあった祖父はすばらしいと思います」と語っていた。

29

京の鐘やしら梅吹雪鳥部《とりべ》山《やま》つめたきままに御《み》墓暮るるか

【出典】小天地二巻六号（明治三十五年〈一九〇二〉三月）

白梅が吹雪のように散り、はるかに鐘が聞える鳥部山で、つめたいままにお墓は暮れて行くのだろうか。

この歌は『小天地』の明治三十五年（一九〇二）三月号に「つれ傘」と題して掲載されている十三首の中の一つで『みだれ髪』所収（二〇四番）。鳥部山の御墓とは、夫・鉄幹の両親の墓である。

その年一月、鉄幹は大阪での青年文学同好会の新年会に出席するために西《さい》下《か》することになり、晶子も同行した。「つれ傘」という題もそこからつけた。晶子は結婚後はじめてのお国入《くにい》りである。

二人は十二月三十一日に東京を出て車中泊《しゃちゅうはく》、一月一日は北浜の旅館に泊まり、二日の会に鉄幹が行っている間に晶子は両親の家に行き一泊、三日は北浜の旅館に泊まり、四日、二人は京都へ行って鉄幹の両親*の墓に詣《もう》でた。

たそがれのふたりは墓の御母《みはは》の子梅は寒くも親の京の山

や、掲出《けいしゅつ》の歌など、墓参《ぼさん》の歌が「つれ傘」には多いが、

うす月のかなた眉墨こき人が誰《た》ぞの袂に花ちる京か

など、京情緒をまのあたりにして詠んだものもある。

晶子が大阪へ同行したのは、両親の許しを得て与謝野家の人になりたいという希望があったからで、今となってはやむを得ない、と両親は承諾《しょうだく》し、一月十三日に京都の鉄幹の本籍《ほんせき》に入籍した。

晶子が鉄幹の両親の墓にはじめて詣でたのは、明治三十四年（一九〇一）一月の、京都での鉄幹とのデートの時でその時に詠んだ、

聖書だく子人の御《み》親の墓に伏して弥勒《みろく》の名をば夕べに喚《よ》びぬ

などは『みだれ髪』に収められている。

「鳥部山」は一般には「鳥辺山」と書き、無常迅速《じんそく》の思いを述べる時によく引き合いに出される。

＊鉄幹の両親—父礼厳《れいごん》（尚絅《しょうけい》、儀右衛門）、母ハツヱ、鉄幹はその四男。13参照。

30

湯槽《ゆぶね》より尽きぬ湯気湧き長安《ちようあん》の煙霞《えんか》をつくる伊豆の磯回《いそわ》に

【出典】第二次明星一巻四号（大正十一年〈一九二二〉二月）

湯槽から湯気がわき、伊豆の磯をめぐる煙や霞となり、盛唐期の、楊貴妃がいた頃の長安《ちようあん》の都を思わせる風情である。

この歌は、

劫初《ごうしよ》より作りいとなむ殿堂にわれも黄金《こがね》の釘一つ打つ

を冒頭歌とする歌集『草の夢』に「伊豆にありて」と題されて入集されている五十四首の二番目にあり、初出《しよしゆつ》は大正十一年（一九二二）二月号の『明星』で、「山泉海景」と題されているうちの一首。

歌の意味は「温泉で湯ぶねにつかっていると、そこから尽きぬ湯気が湧いて、それが伊豆の磯辺をめぐっているのが見え、それは、煙や霞に包まれた長安の都の、のどかな春を思わせるようだ」ということになろう。長安は今の西安。

歌集『草の夢』は晶子の*十八番目の歌集として大正十一年（一九二二）九月に日本評論社から出された。直近《ちょくきん》二年間の作が収録されている。

晶子も四十代半ばとなり生活も安定し、子供たちも成長したので、この歌集には旅の歌が多く、信州・伊豆・房総・伊香保《いかほ》などでの旅情が多く詠まれている。昔、旅のことを「草枕《くさまくら》」と言ったが、『草の夢』という題も旅に託した思いを述べることによって、やや行き詰《づま》った歌境を拓《ひら》こうということかと思われる。

ここに唐の都、長安が謳《うた》われているのは、以前「*長恨歌《ちょうごんか》」に憧れていた頃を思いだしたのであろうか。そういえば同じ時の、

紅椿《べにつばき》伊豆の源氏のゆきかひし路山めぐり海を廻《めぐ》れる

などにも、歴史的事象へのなつかしさをうたうという晶子短歌の特徴の一つが感じられる。

＊十八番目の歌集―共著や詩歌集を含む。

＊長恨歌―白楽天の、玄宗皇帝と楊貴妃の哀傷の思いをうたった長詩。

31

冬と春と中かきに咲く梅の花ゆきのした枝はにほひなりけり

【出典】堺敷島会歌集十二集（明治三十年〈一八九七〉四月）

冬と春の境目に咲く梅の花とその下枝はまだ雪の下だが、ほんのりと春のにおいがする。

この歌は、晶子十八歳の作。

『堺敷島会歌集』*には、晶子はその第三集*にはじめて、

時鳥《ほととぎす》なく一声に雨はれてあやめづらしき三日月の影

が採《と》られて以来、十二集に、掲出の歌の他に、

うめがえにねぐらもとむる鶯のこゑをしるべにゆふやみの空

が採られるまで、かなりの歌を出詠しているにもかかわらず、それらの歌は

＊堺敷島会―11・27参照。
＊第三集―明治二十九年（一八九六）五月。

第一歌集『みだれ髪』にはもとより、自選の歌集にも、自選の全集にも一首も採られていない。それどころか、鉄幹が明治三十一年（一八九八）四月十日の読売新聞に出した、

春浅き道灌山《どうかんやま》の一つ茶屋に餅食ふ書生袴つけたり

という歌を見たので「私が短歌の形式に因《よ》って自分の実感を表現しようと思ひ立った」と*述べているほどであるから、これらの*新古今調《しんこきんちょう》の歌を作っていたことはほとんど知られていない。

晶子は堺敷島会の花鳥諷詠的歌風にあき足らぬものを感じていた矢先、*浪華青年文学会を知り、その中の一人、河野鉄南の新鮮な感覚に惹かれるようになり、堺敷島会とは疎遠《そえん》になる。

晶子から「二三日も御返事御まち申してもなき時は死ぬべく候」という手紙を貰《もら》った鉄南は、僧侶の身であることをはばかってか、晶子の気持にこたえなかった。

*述べている―『晶子歌話』大正八年（一九一九）、天佑社。
*新古今調―技巧を重んじる歌風。
*浪華青年文学会―のち、関西青年文学会。08・23・27参照。

32

劫初《ごうしょ》より作りいとなむ殿堂にわれも黄金《こがね》の釘一つ打つ

【出典】萬朝報（大正十一年〈一九二三〉一月二十一日号）

人類のはじまりから営々と作られてきた文化の殿堂に私も、小さくてもきらりと光るものを残したい。

この歌は歌集『草の夢』の巻頭歌《かんとうか》として有名であるが、最初『萬朝報』に発表された時には「作り」が「造り」となっていた。

歌意は「人類の起源以来、地球上に営々《えいえい》と作られてきた文化の殿堂に、私も小さくてもきらりと輝くものを残したい」ということで、晶子の、文化にたずさわる者としての心意気《こころいき》をあらわしている。

『草の夢』は大正十一年（一九二三）九月、日本評論社から出された歌集で、

落ちついた歌が多いが、旅に出ることも多く、

　裾野なる花ははかなし一草《いっそう》をあまさず山の風に従ふ

　伊豆の雨日の光にも通ひたり降れば椿の木立輝く

など、旅中吟《りょちゅうぎん》もすくなくない。

また、巻頭には「森林太郎先生に捧ぐ*」と献辞《けんじ》がある。鷗外は「晶子源氏」を校閲して序文を書いてくれたり、『明星』への協力を惜しまないなどかかわりの浅くなかった人である。

この歌は、西本願寺堺別院*に、自筆の色紙を拡大して歌碑となっている。昭和四十三年（一九六八）にこの寺院の本堂が建てかえられた記念に建てられた。その本堂の屋根の上に「黄金」の飾り物が新しく設けられたことや、「劫初」が仏教の用語であることにちなんだものと聞いている。今、堺に晶子の歌碑は二十あまりあるが、これは比較的早く作られたものである。明治初期、堺が大阪府とは別の「堺県」であった時、明治政府はこの寺を接収《せっしゅう》してここに県庁を置いた。「廃仏毀釈《はいぶつきしゃく》*」のとばっちりを受けたのである。

*森林太郎─森鷗外。この年七月九日に死去。

*西本願寺堺別院─堺市堺区神明町。

*廃仏毀釈─明治初年に、仏教を不要なものとして寺院や仏像を廃棄した。

33

わがよはひ盛りになれどいまだかの源氏の君のとひまさぬかな

【出典】スバル（明治四十二年〈一九〇九〉五月号）

私はいまや女盛りになったが、あのすばらしい源氏のような男性はまだ私の前にあらわれない。

「*紫式部《むらさきしきぶ》は私の十二歳の時からの恩師である」と言っているように、源氏物語の耽読《たんどく》が文学指向の原点《げんてん》だったと言える。

といっても、晶子は、あり余る時間を読書三昧《ざんまい》にすごしていたのではない。彼女の両親は、女の子が本ばかり読んでいるのを好まず、そんな暇があるなら、算盤《そろばん》や縫い物の稽古《けいこ》でもせよと言っていた。しかし晶子の読書欲はやみがたく、「*夜なべの終るのを待って夜なかの十二時に消える電燈の下で

＊紫式部は……随筆「雑記帳」。

＊夜なべの……随筆「清少納言のことども」。

両親に隠れながらわづかに一時間か三十分の明りを頼りに清少納言や紫式部の筆の跡を偸《ぬす》み読みして育った」のである。寸暇《すんか》を見つけての読書だからこそ、身についたとも言える。

この歌は、そういう中で作ったもので「私は女盛りになったが、まだあの源氏の君のようなすばらしい方は来てくださらない」という意味で、晶子もやはり白馬の王子様の訪れを待つ普通の女の子だったのだなあ、と感じさせられる歌である。

源氏物語を何度も読んだ晶子は、その現代語訳をこころみる。それは「谷崎源氏」*と並んで「晶子源氏」と称されて、改稿と改版とを重ね、戦後には三笠《みかさ》書房版として昭和二十五年（一九五〇）に装幀《そうてい》をあらためて復刊された。これには晶子自身の「あとがき」と池田亀鑑《きかん》*による詳細な解説が加えられている。その後、河出書房などからも出された。

源氏物語にちなむ晶子の歌としては、

姫たちは常少女《とこおとめ》にて春ごとに花あらそひをくり返せかし

など、現代語訳をしながら作ったものも多く残され、それらを書いた短冊類も多く残っている。

＊谷崎源氏―谷崎潤一郎による源氏物語の現代語訳、中央公論社刊。

＊池田亀鑑―東大教授、源氏物語の研究家。

34

ほととぎす治承《ちしよう》寿永《じゆえい》のおん国母《こくも》三十にして経よます寺

【出典】歌集『恋衣』

ほととぎすの鳴くこの寺は治承・寿永の頃、国母とよばれた女性が経を読みながら三十歳からの余生を送った所として知られている。

この歌の「寺」は京都・大原の寂光院《じやくこういん》。「国母」は皇后、または天皇の母に対する尊称。

晶子はこの寺に来て、運命に翻弄《ほうろう》された「国母」に思いを馳《は》せた。

平清盛*の娘・徳子《とくこ》は、平清盛の権勢欲の道具として、高倉《たかくら》天皇の中宮*《ちゆうぐう》となって建礼門院《けんれいもんいん》とよばれる身となったが、源氏に追われる平家の一門とともに、自分が産んだ幼帝《ようてい》（安徳《あんとく》天皇、当時八歳）を擁《よう》して壇*の浦まで逃げて入《じゆ》

＊平清盛―平家の統領として勢威を振るった。
＊中宮―皇后・皇太后の総称。
＊壇の浦―関門海峡の近く。

水《すい》した。安徳天皇は二位尼《*にいのあま》に抱かれて水没したが、自分は幸か不幸か救助され、源義経*の情けによって京都へ送還され、寂光院で平家一門の冥福《めいふく》を祈りながら余生を送ることになった。時に三十歳だった。

本堂には、うつむいて合掌《がっしょう》している建礼門院の木像がある。三十年ばかり前に私が訪れた時には、境内の梅の枝に晶子のこの歌を書いた短冊状の木の札がぶらさげてあったが、その後平成十二年（二〇〇〇）に大火があったりしたので、今はどうか。

数年前、この地にロープウェーを架《か》ける計画があるのに対して、反対のアピールをしたいので賛同してほしいという要望が中外日報社からあった。大原の里には名刹《めいさつ》や歌枕《うたまくら》も多く、貴重な歴史の里であるからロープウェーには反対である旨の返事をした。

この歌は、山川登美子・増田*（後の茅野《ちの》）雅子との合著《がっちょ》詩歌集『恋衣《*こいごろも》』にある。この集には「君死にたまふこと勿《なか》れ」があることでも知られているが、詠史の歌が多いのも特徴の一つである。

晶子の名歌の一つとして中・高の教科書にもよく採られている。

＊二位尼―清盛の妻。
＊源義経―平家追討に功があったが、兄・頼朝にうとまれて非業の死をとげた。

＊増田（茅野）雅子―明治十三年（一八八〇）～昭和二十一年（一九四六）。
＊恋衣―明治三十八年（一九〇五）、本郷書院。

数しらぬ虹となりても掛かるなり羊蹄《ようてい》山の六月の雲

【出典】冬柏二巻六号（昭和六年〈一九三一〉六月）

羊蹄山の六月の雲は無数の虹を思わせるようにかかっている。

晶子の歌碑は多くの歌人の中でも群を抜いて多く、平成十九年（二〇〇七）の調査では二百四十基あるが、この歌の碑は北海道の礼文華《れぶんげ》海岸（虻田《あぶた》郡豊浦町）にあり、晶子の歌碑では最も北に位置する。JR室蘭線礼文駅から約二キロの地に昭和六十年（一九八五）に豊浦町立「文学碑公園」が作られ、*斎藤茂《も》吉《きち》の歌碑、*伊藤整《せい》の随筆碑などとともに晶子歌碑が建てられた。晶子歌碑が建てられたのは北海道が*曽遊《そうゆう》の地だからである。

*斎藤茂吉―明治十五年（一八八二）～昭和二十八年（一九五三）。

*伊藤整―明治三十八年（一九〇五）～昭和四十四年（一九六九）。

*曽遊―以前に訪れたことがある。

晶子が北海道に遊んだのは昭和六年（一九三一）五月末から六月初めにかけてである。北海道帝国大学（現・北海道大学）で講演したのを機に、北海道南部を巡遊《じゅんゆう》したが、その途次、六月五日に、長輪線（現・室蘭線）の車中から礼文華海岸の奇勝《きしょう》を眺めて作ったものと思われる。礼文駅には降りていない。

同行した夫・寛が、

有珠《うす》の峰礼文の磯の大岩のならぶ中にも我を見送る

と、これも車中で詠んでいるが晶子歌碑にはこれも併《あわ》せて刻まれた。晶子が講演旅行をする時は夫も同行することが多かった。いわばマネージャー役である。

その前々日から二泊した洞爺《とうや》湖では、

山畑にしら雲ほどのかげろふの立ちて洞爺の梅さくら咲く（晶子）

船着けば向《むこう》洞爺の桟橋に並木を出でて待てるさとびと（寛）

などと詠んでいる。この二首は洞爺湖畔で歌碑になっている。

このあと二人は函館へ行って、市立図書館に保存されている石川啄木の遺稿類を手にとって、若くして亡くなった啄木を偲ぶ。

＊北海道に遊んだ—02参照。

36

ひと枝の野の梅をらばたりぬべしこれかりそめのかりそめの別れ

【出典】明星十一号（明治三十四年〈一九〇一〉三月）

今の別れはほんの一時的なものだから、大げさな別れのポーズをとる必要はない、梅の枝をうち振る程度でよいと思う。

この歌は、明治三十四年（一九〇一）一月上旬の某日、晶子が、鉄幹と京都ではじめて夜をともにしたとされる「粟田山再遊」*の際に詠んだ「おち椿」*七十九首中の一つで、きぬぎぬの夜が明けて、別れを惜しみながら京都駅へ向かう場面と思われる。

一首の意は「今は二人は京都駅で別れなければならないが、その別れは一時的なもので、近いうちに一緒になれるのは分かっているのだから大仰《おおぎょう》な

＊粟田山再遊―その「初遊」はその前年十一月上旬。その時は山川登美子も同行。19参照。

＊おち椿七十九首―『明星』十一号（明治三十四年三月）。『みだれ髪』六十六番。

別れをする必要はない。気軽に一枝の梅を折って、それを振りながら別れればよいのです」ということになろう。これについては「必ず上京して再会の機のあることを信じ切って歌っている」という解釈*もあるがどうだろうか。「かりそめの別れ」とくりかえすのは、これが一時的な別れでしかないことを信じたい気持ちの表現ではあるまいか。一抹《いちまつ》の不安があるからこそ「かりそめの別れ」と、何度も自分に言い聞かせているのであるが。「信じ切って」いるならば、この言葉どころか、この歌さえも要らない。信じ切れないからこそ言葉が必要なのである。晶子のこのような不安の心情は、同号に出された鉄幹の、

われまどふこれかりそめかわれまどふ終《つい》にわりなのわすれがたなの

という歌によっても裏付けられる。

晶子は「おち椿」で、さらに、

ふちの水になげし聖書をまたもひろひそら仰ぎ泣くわれまどひの子

などと、不安な気持ちを訴えているが、ついに、確信を得ないままにその年六月に家を出て、東京・渋谷の鉄幹宅に奔《はし》った。六月の何日であるかについては諸説*ある。

＊解釈もある―逸見久美著『みだれ髪全釈』。

＊諸説―五日説、六日説、十日説、十四日説など。

37

人にそひて樒《しきみ》ささぐるこもり妻母なる君を御《み》墓に泣きぬ

【出典】明星十一号（明治三十四年〈一九〇一〉三月）

愛する人に寄り添って樒を捧げる私はまだ愛する人の母上をお母様と公然とよぶことの出来ない身の上であることを思ってさめざめと泣きました。

「樒」は「しきび」とも読み、仏前に捧《ささ》げる木、「梻」とも書く。「こもり妻」はかくまわれたりかくれたりしている内密の妻、まだ公然とは名のれない妻のことで、『万葉集』*にも「色に出でて恋ひば人見て知りぬべみ心の中のこもり妻はも」などと出て来る。

この歌は、明治三十四年（一九〇一）一月上旬*のある日、晶子が、神戸での文学青年の新年の集《つど》いに来た鉄幹に誘われて、京都で一夜をともにすごし、翌

*万葉集—日本最古のアンソロジー。

*一月上旬のある日—五日か六日と推定されている。

朝二人で鉄幹の両親の墓へ詣でた時詠*んだものである。鉄幹は両親*の墓に詣でてから帰京しようと思い、それを晶子に告げたら晶子が、連れて行ってとせがんだものと思われる。

鉄幹は京都生まれだが、わけあって八歳の時父に連れられて鹿児島へ*行き、その後短い間京都ですごしたことはあるが、定住はしていない。両親の墓は京都市の東山区にあるが、両親とも晶子が鉄幹と出会う前に亡くなったので晶子は知らない。

この歌は、まだ公然と「私は御令息《ごれいそく》の妻です」ということの出来ない、今のせつない立場を嘆いたものである。その時鉄幹には、入籍はしていなかったが、事実上*の妻があった。

『明星』のその年の三月号に発表した歌で、この時の墓参りの歌としては他に、

御親《みおや》まつる墓のしら梅中に白く熊笹小笹《をざさ》たそがれそめぬ

などがある。鉄幹も、

せめてこれ御魂《みたま》やすめんひとつなり親の御墓《みはか》に手をとりてこし

などと唱和《しょうわ》している。

＊詠んだ―『みだれ髪』所収、七十四番。
＊両親の墓―13参照。
＊鹿児島へ―父が西本願寺鹿児島布教所勤務となったから。
＊事実上の妻―山口県出身の林タキノ。

ああ皐月《さつき》仏蘭西《フランス》の野は火の色す君も雛罌粟《コクリコ》われも雛罌粟

【出典】歌集『夏より秋へ』

時はあたかも五月、こくりこの花でフランスの野は真赤である。君も私もこくりこの花そのものになったかのようである。

百号まで続いた『明星*』の終刊後、失意の日々を送っていた夫・鉄幹が文学の勉強をやり直すと称してフランス*へ旅立ったあと晶子は、その高まる名声をややひがみっぽく傍観《ぼうかん》していた夫の目を意識する必要もなく執筆活動にいそしんでいたが、夫の度重《たびかさ》なる慫慂《しょうよう》*や、みずからのフランスに対する強いあこがれもあって、夫におくれること半年、明治四十五年（一九一二）五月*、シベリア鉄道経由で渡欧《とおう》することになった。

＊明星の終刊―明治四十一年（一九〇八）十一月。
＊フランスへ―明治四十四年（一九一一）十一月四日横浜から。
＊慫慂―すすめ。
＊五月―五日東京発、十九日パリ着。

この歌はパリに到着して、出迎えの夫とともに、二人の滞仏中のすまいとなるアパートへ行く途中、真紅《しんく》にもえるようなコクリコ*の畠《はたけ》の傍らを通る時、その花に寄せて抱き合わんばかりに再会を喜ぶ二人の気持ちの高揚を表現したものである。

二人はロダンと親交を深めるなど、フランスの文学や芸術を学び、その間、他のヨーロッパ各国をも訪ね、その年十月、晶子は、まだフランスで勉強したいという夫を残してマルセーユから海路帰国*した。二人の旅費や生活費はほとんど晶子が工面《くめん》した。

晶子は、日本の代表的女流文学者としてフランスの文芸誌に紹介されるなどの成果をあげ、その時の見聞や学習がいわゆる大正デモクラシー期における彼女の社会的活動の契機《けいき》となった、という意味でも、この旅行は彼女の人生において重要な意味を持つと言えよう。

この歌は歌集『夏より秋へ*』に収められているが、初案は、

若ければふらんすに来て心酔ふ野辺の雛罌粟街の雛罌粟

＊コクリコ―和名ひなげし。

＊帰国―九月二十一日発、十月十八日横浜着。

＊夏より秋へ―第十二歌集。大正二年（一九一三）、金尾文淵堂。

39

名を聞きて王朝の貴女《きじょ》ときめきし引佐細江《いなさほそえ》も気賀《きが》の町裏

【出典】冬柏（昭和十一年〈一九三六〉七月号）

その地名を聞いて、王朝期のあるお姫様がときめいたという引佐細江も今は気賀の町裏となっている。

この歌が歌碑になっていると聞いたのでそこへ行ってみた。豊橋から在来の東海道線で新所原《しんじょはら》へ行き、浜名湖鉄道（旧・二俣線《ふたまた》）に乗りかえて三十分、気賀で降りてすぐ隣の静岡県細江町*の教育委員会で訊《き》いたらその歌碑のある「文学の丘」を教えてくれた。ここは奥浜名《おくはまな》と言われる所で、もと辺鄙《へんぴ》な農漁村《のうぎょそん》であったが、軍が東海道線がやられた時のことを考えてバイパスとして二俣線を作らせて、少し賑《にぎや》かになった。それにしても晶子

＊細江町の教育委員会―今は浜松市北区役所となっている。

はよく知っていたものである。
晶子がここに来たのは昭和十一年（一九三六）七月十日で、晶子は東京から掛《かけ》川《がわ》に来て二俣線に乗りかえて気賀に来たのである。この時の旅で詠んだ歌は「仏燈に近く」と題して『冬柏』に収められており、*この歌もそこにある。「仏燈に近く」という題は、その前の年に夫と死別し、みずからも五十七歳という、当時の感覚では老境に達したので、その感慨をこめたものと思われる。

夫の生前も夫とよく旅をしたが、夫が亡くなってからもよく旅に出ている。それはしばしでも孤独の憂《う》さを忘れようという心境であろう。だから、いわゆる観光地とはされない所へ来て好奇心を満足させているのである。

「王朝の貴女ときめきし」とは、東海道方面が長雨で*天龍川《てんりゅうがわ》を渡れなくなった時、好奇心の強いお姫様が、宿場で水の引くまで逗留《とうりゅう》するのはつまらないから浜名湖の北の方の道を通って行こうと言い出し、そのようにしたという言い伝えを指している。今もそこを「姫街道」といい、桜の頃「姫道中」という催しがある。

*この歌もそこにある―のち『白桜集《はくおうしゅう》』に収められた。

*天龍川―信州に発し太平洋に注ぐ川。天龍下りで知られる。

40

やは肌のあつき血潮にふれも見でさびしからずや道を説く君

【出典】明星八号（明治三十三年〈一九〇〇〉十月）

女性の熱愛を知ることもなく、ひたすら道を説いている
あなたは本当はさびしくはないのでしょうか。

この歌が『みだれ髪』（二十六番）にある故に晶子は「やは肌の晶子」などと揶揄《やゆ》され、晶子といえばこの歌を思い出す、というぐらい人口に膾炙《かいしゃ》しているこの歌について、「君」とはだれのことか、「道」とはどういう「道」なのかということがしばしば論議されて来た。

この歌が発表*された当座は、上田敏*や平出修*らによって、古いタイプの「道学者」*を皮肉ったものであろうと解釈されたが、塩田良平は『婦人公論』

*発表―『明星』明治三十三年（一九〇〇）十月号、のち『みだれ髪』所収。
*上田敏―明治七年（一八七四）～大正五年（一九一六）。
*平出修―明治十一年（一八七八）～大正三年（一九一四）。弁護士。
*道学者―古い道徳を固守し

昭和三十年（一九五五）十月号に、晶子が堺・覚応寺の住職、河野鉄南にあてた手紙*で、この歌について「こののちはよむまじく、ゆるしたまへ」などと書いているところから、鉄南のことを詠んだと思われる、という説を発表した。僧侶の本音と建前《たてまえ》の違いを皮肉ったもの、というのが塩田説である。

一方、佐竹籌彦《かずひこ》は、晶子への鉄幹の手紙*に、

　石よりもつめたき人をかき抱き我世《わがよ》むなしく沈むべきかな

という歌があり、この直後に「やは肌の」の歌が発表されたので、晶子がつめたい妻*を持った鉄幹に同情したものであろうという説*を出した。その妻とは結局別れた。鉄幹のその歌がそのすぐあと、

　石よりもつめたき人を恋ならで妻とし呼ぶか世の中の道

と改作されたこともあって、今は鉄幹説をとる人が多いが、晶子自身は、この歌について訊かれる度に、てれくさそうに、上田敏さんや平出修さんがおっしゃっているように一般論です、と答えていた。

この歌の歌碑がなんと女人禁制《にょにんきんせい》だった高野山《こうやさん》の奥の院境内の入口にある。

て教えようとする人。

＊手紙―明治三十三年十一月八日。

＊鉄幹の手紙―明治三十三年八月九日。

＊妻―林タキノ。入籍しないまま別れた。のち、正富汪《まさとみおう》洋《よう》と結婚。37参照。

＊説を出した―『全釈みだれ髪研究』。

41

その子二十櫛《はたち》にながるる黒髪のおごりの春のうつくしきかな

【出典】小天地（明治三十四年〈一九〇〇〉八月号）

二十歳の女が豊かな髪をくしけずるのは青春の美しさそのものである、それは私。

四句目の「おごり」は「黒髪」と「春」の双方にかかっていると思われる。一首の意は「その女性はあたかも二十歳。櫛《くし》にゆらぎ流れる豊かな黒髪、その黒髪によって象徴される豊かな青春の何と美しいことよ」となろう。晶子のナルシシズムの歌の典型である。『みだれ髪』の六番目にある。

「その子」とは晶子自身を指していると考えられるが「罪もつ子」などのように「子」は晶子の常用語《じようようご》の一つである。しかし、二十歳にもなった人を「子」というのは関西的で、関西では「隣の大学生の子」と言ったりするが、関東ではそのようには言わない。「その子二十」が後に「ああこの子」と*改められているのは、これを作ったのが、当時の数え年では二十四歳であった明治三十四年（一九〇一）八月号だったので、いささかの気恥ずかしさをおぼえたのか、さらに思い直して「わが二十」と再度直している（『*晶子短歌全集』）。それらの改作を考えあわせると、やはりこれは晶子自身が自分の髪にうっとりしている姿である。

この歌の調べとしてはナ行音が七つあることが注目される。また「かな」止めは晶子の歌にはほとんどないが、これは二十歳頃「*堺敷島会」という旧派の会で習作していた頃の名残《なごり》と考えられる。

ところで、*薄田泣菫《すすきだきゅうきん》の詩「鬢《びん》の毛」（『暮笛《ぼてき》集』）の、

梳《けず》ればかすかに肩うちて／黒髪八尺櫛にながるる

と発想、表現が似ていることも注目される。島崎藤村の『*若菜《わかな》集』にも類似の発想、表現が見られるが、藤村や泣菫の影響について論じたものとしては、新間進一「『*みだれ髪』の摂取したもの―『若菜集』と『暮笛集』と―」がある。

*改められている―『現代自選歌集』。

*晶子短歌全集―大正八―九年（一九一九〜二〇）新潮社、二巻。

*堺敷島会―11参照。

*薄田泣菫―明治十年（一八七七）〜昭和二十年（一九四五）、詩人。

*若菜集―明治二十九年（一八九六）刊の詩集。

*みだれ髪の摂取したもの―『ふじ』昭和三十五年（一九六〇）三月号。

42

紺青《こんじやう》を絹にわが泣く春の暮やまぶきがさね友歌ねびぬ

【出典】歌集『みだれ髪』初版（十一番）のみ

―恋に泣く私は絵絹《えぎぬ》に向かってもうまく絵をかけないが、恋の悩みのない友は歌に専念して上手になって行く。―

一首の意は「春のある日の暮れ方、私は恋の悩みを鎮《しず》めるため、紺青の絵の具をといて絵絹に向かったが、絵に集中できない。あれこれと恋人の心を忖度《そんたく》して泣くばかりである。そういう私と反対に、山吹《やまぶき》がさねを着て私の所へ来た友は、歌を上達させている。彼女には恋の悩みなどないのだから」となる。「ねび」は源氏物語の若紫《わかむらさき》の帖に「ねびゆかむさまゆかしき」とあるように、成長するという意味の「ねぶ」の連用形だが、ここでは長足《ちようそく》の進歩という意味で用いられている。「やまぶきがさね」はここではかさねの色《いろ》目《め》というより、山吹色の着物と羽織りを重ねて着たのをそのように表現したものであろう。同類の表現として、

白すみれ桜がさねか紅梅か何につつみて君におくらむ

などがあるが、こういう表現に晶子の古語《こご》趣味《しゅみ》を見ることが出来る。

「春」も晶子の好きな言葉の一つで、『みだれ髪』には、この歌をはじめ「春を行く人」「おごりの春」「宵の春の神」「春のおもひ」「春の子」と随所《ずいしょ》に出て来る。『みだれ髪』には季節としても春が最も出て来る。やはり青春の歌集というべきか。

それにしても「やまぶきがさね」の友の歌が「ねび」たのは、恋に思い悩むこともなく、作歌に集中出来るから、というのはどうであろうか。恋の歓《よろこ》びや哀《かな》しみがあってこそ歌は「ねび」てくるのではないか。晶子もそう思いなおしたのか、三版では、

紀の海をひがしへわしる黒潮に得たるおもひの名に借りし恋

とさしかえている。

＊かさねの色目―衣服を重ねて着る時のそれぞれの色のとりあわせ。

＊白すみれ……―『明星』二号、明治三十三年（一九〇〇）五月。

＊三版―明治三十七年（一九〇四）。

＊紀の海を……04参照。

43

ふさひ知らぬ新婦《にひびと》かざすしら萩に今宵の神のそと片笑みし

【出典】歌集『みだれ髪』（六十二番）

白萩の名にふさわしくない花嫁だ、君は、と今日新夫になる人が微苦笑された。

上の句は「新婦はそのかざす白萩にふさわしくない」と解されるが、『明星派』で晶子が「白萩」という源氏名《げんじな》*を貰っていたことを考えれば「白萩の名にふさわしくない」ともとれる。いずれにしても「私は白萩の名にふさわしい清楚《せいそ》な女ではなく、情熱的、燃えるような女である」ということを言いたいのである。

椿それも梅もさなりき白かりきわが罪問はぬ色桃に見る

＊源氏名―女性を源氏物語の中の女性のように優雅に名づけた名。

にもあらわれているように、白はむしろ冷《つめた》い色であるから自分にはふさわしくない色としている。

「神」は至高《しこう》の存在ということで、恋人のこと。「片笑む」は微苦笑。そこで一首の意は「新婦である私は、源氏名として頂いている白萩にはふさわしくない女ですよ、と言ったら、恋人は、なるほどそういえばそうだねと言って微苦笑された」となろう。

恋人を神と見立てる発想は、

夢にせめてせめてと思ひその神に小百合の露の歌ささやきぬ

などに見られる。

恋人が微苦笑したのは、白萩の名にふさわしい人は他にある、と思ったからではないか、ともとれると佐藤春夫*が指摘している*が、やや晦渋《かいじゅう》な歌で、春夫も「何やら当人同士だけがわかるような歌で真意は十分汲み取れない」としている。「何やら当人同士だけがわかるような歌」とは言いえて妙である。晶子には、ひとりよがりの点もなきにしもあらず。

この歌は『みだれ髪』にあるが、初出は不明。右の引用の二首も『みだれ髪』所収。

＊佐藤春夫―明治二十五年（一八九二）～昭和三十九年（一九六四）。明星同人。
＊指摘している―『みだれ髪を読む』。

44

郷人《さとびと》にとなり邸のしら藤の花はとのみに問ひもかねたる

【出典】明星十三号（明治三十四年〈一九〇一〉七月）

郷里から来た人に、隣家の白藤は今年もきれいに咲きましたか、とだけしか言えなかった。

この歌は『明星』[*]十三号に「金翅《きんし》」と題して載せられた中にある。のち『みだれ髪』所収（七十三番）。

「郷人」は郷里から何かの用事で上京して来て、ついでに私の家に来てくれた人で、家を出奔[*]した私のことを案《あん》じた母が様子を見てくれるようにと頼んだと思われる人、「となり邸」は両親の家の隣家、つまりその家の人が訪ねてくれたのである。「花はとのみに」は、「白藤は今年も美しく咲きました

＊明星十三号―明治三十四年（一九〇一）七月。

＊家を出奔―明治三十四年（一九〇一）六月上旬の某日。家の表示は大阪府堺市甲斐町四六。

か」とだけ言って、それ以上は何も言えなかった、という意味である。

従って一首の意は「ふるさとにいた頃、隣人として心易《こころやす》かった人が訪ねて来てくれたので、両親の安否《あんぴ》などを訊ねたかったのだが、出奔の身のうしろめたさから『お宅の白藤は今年もきれいに咲いたでしょうね』と問うことしか出来なかった」となろう。

晶子夫妻はその時東京の渋谷に住んでいたが、その頃の表示では東京府豊多摩郡渋谷村字中渋谷二七二番地となっているのでも分かるように「*市内の*熱鬧《ねっとう》を避け」られる所でまだ水道も来ていない郊外であった。

晶子の、

*小傘《をがさ》とりて朝の水くみ我とこそ穂麦あをあを小雨ふる里

や、鉄幹の、

*鍋洗ふ君いたましや井ぞ遠き戸は山吹の黄を流す雨

などによっても雰囲気が偲《しの》ばれる。現在でいうと、渋谷駅から井の頭線沿いに三つ目の辻を右に曲がった所で、「東京新詩社跡」の碑がある。

*市内の熱鬧を避け―『明星』十二号、明治三十四年（一九〇一）五月の「社告」。
*熱鬧―暑苦しい雑踏。
*小傘とりて……―『みだれ髪』八十六番。
*鍋洗ふ―『明星』明治三十五年（一九〇二）四月号。

45

乳ぶさおさへ神秘のとばりそとけりぬここなる花の紅《くれなゐ》ぞ濃き

【出典】明星十一号（明治三十四年〈一九〇一〉三月）

羞恥心を抱きながら、おそるおそる未知なる性愛の世界に入って行くと、そこは真紅の花園のようにすばらしかった。

「落椿《おちつばき》」という題の連作の中にあるので、「粟田山再遊」*をふまえていると言える。のち『みだれ髪』所収（六十八番）。

「乳ぶさおさへ」は羞恥心《しゆうちしん》の表現。「神秘のとばり」は既知《きち》の世界と未知の世界を隔てるもの。「そとけりぬ」は恐る恐る入ってみた、という意味。「こなる花」は性愛《せいあい》の世界。「紅ぞ濃き」は「すばらしく美しかった」ということ。全体として、初めて知った性の世界の歓びを視覚表象をかりて象徴的

*粟田山再遊—36参照。

に表現している歌である。

まことに大胆な発想で、佐佐木信綱*が「蘇張生」の名で「*娼妓《しょうぎ》夜《よ》鷹輩《たかばら》の口にすべき乱倫の言を吐きて淫を勧めんとする」と罵倒《ばとう》した。一方、*折口信夫《おりくちしのぶ》は「これも又大へん有名な、そして訣《わか》らない歌だったのです。今日になって見ると、実に何でもない歌です。ぽうずばかり盛んで、之を具体化する前に大きな誤算をしてかかってゐたのです」とクールに評している。続けてその「ぽうず」について「*女の人がある境地に向かふ前にさう言うぽうずを持ってかゝると言ふことを暫く見逃して置きたいと思ひます。でないと、歌はやはり男ばかりしかゐない世界になるのです。（中略）女性の短歌の伝統には、どうしてもぽうずのある歌ということが、許されてゐるので、之を認めた上で、作物が出来、その上にこそ正しい検討が行はれて、作物として認めるか認めないかといふことになる」と好意を示している。

この歌の止め方は形容詞の連体形止めであるが、これは晶子短歌の修辞《しゅうじ》上《じょう》の一つの特色で、特に『みだれ髪』には「うつくしき」「かぼそき」「さびしき」「なつかしき」などと多用されている。

*佐佐木信綱―明治五年（一八七二）～昭和三十八年（一九六三）。歌誌「心の花」主宰。
*娼妓夜鷹輩…―『心の花』明治三十四年（一九〇一）九月号所載。
*折口信夫―明治二十年（一八八七）～昭和二十八年（一九五三）。別名釈迦空。
*女の人が…―「女流の歌を閉塞したもの」（『短歌研究』昭和二十六年〈一九五一〉一月号）。

46

筑紫《つくし》よりめでたき柑子《こうじ》送られて三日《みか》を経たれば戦《いくさ》になりぬ

【出典】短歌研究（昭和十七年〈一九四二〉一月号）

筑紫からみごとな蜜柑が誕生祝いとて送られ来て感激していると、その三日後に思いがけず、戦争がはじまった。

この歌は『短歌研究』一月号に「初冬桜」と題して発表された歌の一つで、この月には『婦人公論』と『冬柏』にも出詠しているが、それ以後は作品の発表はなく、晶子はその年の五月二十九日に六十四歳で世を去った。

ここでいう「戦」は太平洋戦争のことで、開戦三日前といえば昭和十六年（一九四一）十二月五日である。その二日後の七日が晶子の誕生日で、脳溢血で寝たきりの晶子は、おそらく最後の誕生日になることを予感したのか、こういう時世《じせい》だが盛大に誕生祝賀会をやろうと言い出し、遠隔《えんかく》の地の人々にも案内状を送った。

福岡県大牟田《おおむた》市に住む白仁欣一《しらにきんいち》はその案内状を受け取ると、祝意《しゅくい》をこめて蜜柑一箱を送った。上の句はそういう意味である。

白仁欣一は、父・秋津《あきつ》の代から晶子の弟子で、今から六年前まで健在だった。秋津は*北原白秋と親しく、白秋らが鉄幹と九州めぐりをした時には一夜の宿を貸していたりした。

誕生祝賀会は晶子の希望通り、二回に分けて盛大に行われ、晶子は満足感とともに眠りにつき、一夜明けて、いつもたのしみにしている七時のラジオ体操の音楽を聞こうと思ってスイッチを入れたら、突如《とつじょ》としてイギリス・アメリカとの開戦《かいせん》を告げる絶叫《ぜっきょう》がとびこんで来た。それを聞いた晶子は

戦《いくさ》ある太平洋の西南を思ひてわれは寒き世を泣く

などと詠んだ。斎藤茂吉らの熱狂ぶりとは対照的であるが、晶子は幸か不幸か「緒戦《しょせん》の勝利」しか知らずに世を去った。

晶子の命日を「*白桜忌《はくおうき》」といってさまざまな催しがある。

*北原白秋―明治十八年（一八八五）～昭和十七年（一九四二）。明星同人。

*白桜忌―晶子の院号「白桜院鳳翔晶耀大姉」にちなむ。

47

集とりては朱筆《しゆふで》すぢひくいもうとが興《きよう》ゆるしませ天明の兄

【出典】明星卯歳九号（明治三十六年〈一九〇三〉九月）

あなたの集に傍線をひきながら勉強するのをお許し下さい。お兄様としてお慕いしている與謝《よさ》蕪村さま。

「天明の兄」とは、天明《てんめい》期の俳人蕪村《ぶそん》＊のこと。晶子は、愛する人鉄幹と姓が似ていて、かつ鉄幹＊の父と出里を同じくする與謝蕪村に親しみを感じ、兄事《けいじ》していたのである。

一首の意は「あなたの集を手にとって赤い傍線をひきながらたのしく勉強させていただいていますが、そのために御本がよごれることをお許し下さい、天明のお兄様」となろう。

＊蕪村―享保元年（一七一六）～天明三年（一七八三）。

＊鉄幹の父―与謝野礼厳（尚絅・儀十郎）、京都府与謝郡出身。

晶子が先人の詩歌集を読む時に傍線《ぼうせん》を引く癖があったことは鉄幹が晶子にはじめて歌集を出すことを勧《すす》めた時に、

人の子の名ある歌のみ墨ひかで集にせばやと思ふ秋かな

と詠んでいることによってもわかる。

この歌は『毒草《どくぐさ》』*に出ている。これは晶子にとっては『みだれ髪』*『小扇』*につぐ第三歌集であるが、鉄幹との合著である。鉄幹と一緒になってからほぼ三年たった明治三十七年（一九〇四）五月に本郷書院から出されたこの集は二人の結婚記念出版と言えなくもない。

そういう思いをこめたのか、この集には、

かへりみれば君やおもひし身をやめでし恋は奢《おご》りに添ひて燃えし日

恋をうたひまどひに沈む罪におちかくてうとまぬ神をのろひぬ

など内容、表現とも『みだれ髪』のころの興奮さめやらぬ歌が、その前の単独歌集『小扇』より多いぐらいである。

『毒草』収載の晶子の歌は六十四首。

*毒草―二人とも詩も入れているので詩歌集というべきである。

*みだれ髪―明治三十四年（一九〇一）年刊。

*小扇―明治三十七年（一九〇四）一月、金尾文淵堂刊。

48

美しさ足らざる事を禍《わざわひ》と思へる母のいつきてしわれ

【出典】歌集『春泥集』（明治四十五年〈一九一二〉）

美しさが足りないことは女として不幸なことだ、と思っている母のもとに育った私。

「美しさ足らざる」のは晶子自身か母か。母が晶子が不美人であることを嘆いたのか、それとも母が、自分自身が美しくないことを嘆いたのか、あるいは両方なのか。

いずれにしても、この母子がそれを意識しているのは、晶子の父の最初の妻が美人だったからである。やや斜視《しゃし》だが、それもかえって魅力的だったという。父と離婚したその人に晶子が会ったことがあるかどうかは分からないが、その人の産んだ二人の女の子、つまり晶子の異母姉*は、その資質を受けて二人とも美形《びけい》であった。特に次姉は継母《ままはは》（晶子の母）に育てられたので、あまり明かるい性格ではなかったが、美しさを鼻にかけているような所があったという。したがって、晶子とその母が先妻とその娘たちに容姿の上で劣《れっ》等感《とうかん》を抱いていたことは容易に想像される。

この歌は十番目の歌集『春泥集*』にあるが、初出は『毎日電報』明治四十三年（一九一〇）八月二十日号で、そこでは「禍」が「わざわひ」と仮名になっている。

佐藤春夫が小説『晶子曼陀羅《まんだら》*』で晶子の少女期の心情をあらわす歌として引用している（第九章）。「女は見た目が大事」とされる風潮《ふうちょう》を否定せず、母子ともに「禍」と思っていることのかなしさがこの歌のモチーフである。

ところで、晶子の人生はドラマチックであるので、しばしば映画、演劇、テレビドラマなどになったが、晶子になったのは、水谷八重子、吉永小百合、司葉子、佐久間良子、渡辺美佐子、三田佳子といった美形ばかりであるので、晶子の容貌《ようぼう》コンプレックスについては描かれたことはない。ヒロインは美女に限るということか。

*異母姉—てる・はな。

*春泥集—12参照。

*晶子曼陀羅—昭和二十九年（一九五四）三—六月。毎日新聞に連載。

49

ものほしききたな心のつきそめし瞳《ひとみ》とはやも知りたまひけむ

【出典】明星午歳一号（明治四十年〈一九〇七〉一月）

――ものほしそうなきたない心がつきはじめた私、と瞳《ひとみ》の色からあなたは見抜いておられるのではないか。――

この歌は『明星』一月号に「新詩社詠草」として発表されたものの一つだが、これを理解するには、晶子が三十歳（数え年）であることを知らなければならない。

人間三十歳ともなると、多くはそれまで持っていた純粋性、理想主義、羞恥心などが失われて、善悪よりも損得というものさしで生きていこうとする。「ものほしきたな心」とはそういう心で、それは瞳を見ればわかる、というのである。

晶子といえどもその例外ではなく、もっと原稿の依頼が来てほしいとか、マスコミの寵児《ちょうじ》になりたい、などと願望する瞳となり、夫はとっくにそれを見抜いているのではないか、というのがこの歌の意味するところである。

夫・鉄幹は、かつて『明星』の「清規*（六号）」で「虚名のために詩を作るは、われ〳〵の恥づるところなり」と高らかに宣言した。晶子もその格好よさに惹かれた一人である。あれから歳月が経ったが、いつまでも青臭《あおくさ》い書《しょ》生《せい》かたぎから抜けず、それ故に損ばかりしている夫が、与謝野家の名誉と生活を守るためとはいえ、あれこれと文壇やマスコミに目を配る私をどう見ているか気になる、というのがこの頃の心境と思われる。

この歌は歌集『常夏*』に収められているが、

あさまずや小《ち》さき二人の母とよぶ本意《ほい》とげ人のおとろへやうを

あさましく涙流れていそのかみ古りし若さの血はめぐり来ぬ

など、三十を迎えての感懐が多く詠まれている。

*清規（六号）―明治三十三年（一九〇〇）九月。

*常夏―明治四十一年（一九〇八）七月、大倉書店刊。

50

黒髪や御戒《ぎょかい》たもつとのたまひし端厳《たんごん》なりし終りのかたち

【出典】歌集『夢の華』（明治三十九年〈一九〇六〉九月）

光源氏のたっての希望で紫の上は長い髪のまま仏門に入ったが、その最期の姿はまことに端正でおごそかであった。

「新しい女」と言われた反面、晶子は王朝文学に造詣《ぞうけい》が深く、『源氏物語』を数次にわたって現代語訳したりしているが、その間『源氏物語』にちなむ歌を作ったりもしている。

この歌は歌集『夢の華』*にあり、『源氏物語』の「御法《みのり》」*の帖の、紫の上《むらさきのうえ》の臨終《りんじゅう》を詠んだもので、「紫の上はかねてより出家を希望していた。しかし、髪を切ることを源氏が許さないので長い黒髪のまま死を迎えることにな

＊夢の華―第六歌集。明治三十九年（一九〇六）、金尾文淵堂刊。
＊御法―四十一帖。

ったが、真摯《しんし》な仏弟子《ぶつでし》としての戒律を守って死んで行く、とおっしゃった。端正《たんせい》にして威厳《いげん》のある最期であった」という意味になる。

晶子は十代の頃を回想して「『源氏物語』のやうな文学書を読んで作中の恋には自分の事のやうに喜憂すること」が多かった、と述べて*いるが、それがこうじて読み進みながら自分でも『源氏物語』にちなむ歌を詠むようになった。

ささやかに花紋《かもん》の綾のなかに居し世づかぬほどを見たまひし君　（女三の宮）
うき夜半《よわ》の悪夢と共になつかしきゆめもあとなく消えにけるかな　（夕顔）
皮ごろも上に着なれば我妹子《わぎもこ》は聞くことのみな身にしまぬらし　（末摘花）
恨めしと人を目におくこともこそ身のおとろへにほかならぬかな　（葵）

というように、作中の女性の生き方について詠んでいる。

なお「御戒」は最初「みかい」とルビをつけていたが、あとで「ぎょかい」とあらためた。仏教用語としてはそう訓《よ》むという指摘があったのか。

*述べている──「私の貞操観」。

歌人略伝

大阪・堺の老舗《しにせ》和菓子商に生まれた晶子は、十二歳頃より家業のかたわら、『源氏物語』など王朝時代の物語を読んだり、短歌を詠んだりしていた。たまたま地元の雑誌に投稿した短歌が与謝野鉄幹《よさのてっかん》の目にとまり、誘われて彼が主宰《しゅさい》する『明星』に参加し、ほどなく歌集『みだれ髪』を出し、その斬新《ざんしん》な発想と表現が一世を驚かせる。生涯に出した歌集は二六冊(合著四冊を含む)に及ぶ。そのかたわら、『源氏物語』の現代語訳に挑戦し、前後三回こころみる(一回は宇治十帖にさしかかった時に関東大震災のために焼亡《しょうぼう》してしまう)。一方『君死にたまふこと勿れ』を発表して糾弾《きゅうだん》を受けた体験や、フランスでの五ヶ月におよぶ勉強などを通じて、国家・社会・戦争といった問題に深く心をとめ、折にふれて警世《けいせい》の文をものし、それらをまとめた評論集は二十三冊に及ぶ。特に、大正デモクラシーの時期に、平塚らいてう・山川菊栄らとともに男女平等の施策を筆鋒《ひっぽう》鋭くその時々の政府に要求する。

家庭では、あまり冴《さ》えない夫と十一人の子供(他に死産一人、夭折《ようせつ》一人)を抱え、与謝野家の生活と名誉とを守るため、寝食の時間を惜しんで筆を執《と》らなければならなかったが、端倪《たんげい》すべからざる彼女の活動は、太平洋戦争がまだ「緒戦の勝利」に国民を酔わせていた昭和十七年(一九四二)五月二十九日、脳溢血によって終った。六十四歳だった。

略年譜

年号	西暦	歳	晶子の事跡	歴史事跡
明治十一	一八七八	0	堺県堺区で出生。戸籍名は鳳《ほう》志よう	大久保利通暗殺される
二十一	一八八八	10	尋常小学卒、堺区立堺女学校へ入学	刑事・民事両訴訟法公布
二十九	一八九六	18	堺敷島会《さかいしきしまかい》入会、短歌をほぼ毎号発表	樋口一葉没
三十二	一八九九	21	堺敷島会脱会、浪華《なにわ》青年文学会入会	治外法権撤廃
三十三	一九〇〇	22	与謝野鉄幹に誘われ『明星』に加入 堺における鉄幹来阪歓迎歌会に出席	清国へ出兵 治安警察法公布
三十四	一九〇一	23	東京渋谷で鉄幹との同居生活に入る 歌集『みだれ髪』刊、三九九首登載	日本女子大学校創立 官営八幡製鉄所操業開始
三十五	一九〇二	24	京都の鉄幹の本籍に入る 上京した石川啄木の訪問を受ける	正岡子規没 日英同盟締結
三十七	一九〇四	26	詩「君死にたまふこと勿れ」を発表	日露戦争勃発
四十	一九〇七	29	閨秀《けいしゅう》文学会で『源氏物語』等を講義	足尾・別子両銅山で罷業《ひぎょう》
四十一	一九〇八	30	『明星』百号をもって終刊	戊申《ぼしん》詔書公布
四十四	一九一一	33	『青鞜《せいとう》』創刊にあたり賛助員となる	中国で辛亥《しんがい》革命おこる

	四十五	一九一二	34	『新訳源氏物語』（抄訳、二冊）刊 シベリア経由でフランスへ行く 五ヶ月の滞欧の後十月に海路帰国	明治天皇没、大正と改元 第一次バルカン戦争勃発 石川啄木没
大正	二	一九一三	35	朝日新聞に小説『明るみへ』連載	第二次バルカン戦争勃発
	八	一九一九	41	『晶子短歌全集』（三巻）刊行	第一次世界大戦講和成る
	九	一九二〇	42	歌集『青海波《せいがいは》』のイタリア語訳出る	国際聯盟成立
	十	一九二一	43	西村伊作らと文化学院設立	ワシントンで軍縮会議
	十四	一九二五	47	『日本古典全集』の編者となる	治安維持法公布
昭和	二	一九二七	49	荻窪の借地にはじめて家を建てる	芥川龍之介自殺
	三	一九二八	50	満鉄の招待で満州とモンゴルを視察	張 作霖《ちょうさくりん》奉天近郊で爆死
	六	一九三一	53	中国語の『与謝野晶子論文集』出る	満州事変勃発
	八	一九三三	55	『与謝野晶子全集』十三巻刊行開始	京大・瀧川事件
	十	一九三五	57	鉄幹急性肺炎で死去、六十三歳	天皇機関説問題おこる
	十二	一九三七	59	『新万葉集』選者となる	日本軍南京占領
	十三	一九三八	60	『新新訳源氏物語』六冊本刊行開始	東大・大内兵衛教授ら検挙
	十五	一九四〇	62	自宅で脳溢血発症	日独伊三国同盟締結
	十七	一九四二	64	五月二十九日自宅で死去 遺稿集『白桜集《はくおうしゅう》』（平野萬里《ばんり》等編）	北原白秋・萩原朔太郎没 日本軍シンガポール占領

解説　「近代短歌の開拓者　与謝野晶子」――入江春行

与謝野晶子の端倪《たんげい》すべからざる才能は、短歌のみならず、詩、小説、童話などの創作、『源氏物語』などの古典の現代語訳と研究、文芸評論など文芸の各分野、さらには国家・社会・戦争といった問題についても積極的に評論の筆を執っているし、女性解放問題でもリーダー的存在であったが、彼女の一生を通じての表芸《おもてげい》は何と言っても短歌であったし、このシリーズが「コレクション日本歌人選」であることにもかんがみ、彼女の短歌を概観《がいかん》することにした。

短歌がまだ「和歌」とか「敷島《しきしま》の道」などといわれて、桂園《けいえん》派流の、花鳥諷詠をこととするもの、という観念が色濃く残っていた頃、晶子が最初に世に問うた『みだれ髪』は、女性の側から恋愛の自由を謳歌《おうか》し、支配道徳を否定し、あまつさえ肉体の美を讃《たた》える歌が多く詠まれている歌集であったので、その大胆な装幀ともあいまって世を驚かせ毀誉褒貶《きよほうへん》さまざまであった。

これをとがめたものとしては『心の花』の明治三四年（一九〇一）九月号に書かれた「此の娼妓夜鷹輩《しょうぎよたかばら》の口にすべき乱倫の言を吐きて淫を勧めんとするは。（中略）不徳不義なるもの豈《あに》以て美の高尚なるものと為すべけんや、此一書は既に猥行醜態《わいこうしやうたい》を記した所多し、人心に害あり世教に毒あるものと判定するに憚《はば》からざるなり」というのが代表的意見である。筆者名は「蘇張生」となっているが、『心の花』主宰、佐佐木信綱のことと言われている。

一方では高山樗牛《ちよぎゆう》が「『みだれ髪』は明星の詩人として才名高き晶子の歌集也。鳳晶子が才情の秀絶は吾人認むるところ、其歌詞新たにして高く、情清くして濃、慥《たしか》に一家の風格を具《そな》へたり」と称揚《しようよう》している（『太陽』明治三十四年〈一九〇一〉九月号「無題十五則」）。「鳳」は晶子の旧姓、「ほう」とよむ。初版を出した時にはまだ与謝野家に入籍していなかった。

これらさまざまな評価を総括して斎藤茂吉が「早熟の少女が早口にものいふ如き歌風であるけれども、これが晶子の歌が天下を風靡《ふうび》するに至るその第一歩として賛否のこゑ喧《かまびす》しく、新詩社のものも新詩社以外のものも、歌人も非歌人も、この歌集の出現に驚異の眼を睜《みは》ったのである」と述べている（改造社版『現代日本文学全集』三十六巻『現代短歌集』〈昭和三年・一九〇九〉所載「明治大正短歌史概観」）のが妥当なところである。

いずれにしても、つとに「堺の晶子」から「大阪の晶子」となっていた晶子は『みだれ髪』をひっさげて「大阪の晶子」から「日本の晶子」になったのである。収載歌のほとんどは鉄幹との道行きの中で作られている。

『みだれ髪』から一年五ヶ月後、明治三十七年（一九〇四）一月に晶子は第二歌集『小扇』を世に問う。巻末に上田敏と山田禎一郎の「『みだれ髪』評」が掲載されているものでもわかるように、この歌集を『みだれ髪』の続篇として読んでもらいたいという意図があったものと思われるが、所詮《しよせん》は『みだれ髪』の二番煎《せん》じと見られたのか、あまり世評にはのぼらなかったし、『みだれ髪』のように版を重ねることもなかった。与謝野姓で出した最初の歌集である。

その年四月、鉄幹と晶子は共著で『毒草《どくぐさ》』を出す。これには、短歌の他、詩、俳句、随筆などがあり。歌文集というべきである。晶子の短歌は七十七首登載されている。本書には上田敏、内海月杖《うつみげつじょう》が序を、馬場孤蝶《こちょう》が跋《ばつ》を書いている。また鉄幹にとっては恩人ともいうべき落合直文への献辞がある。鉄幹は尾上柴舟《さいしゅう》、金子薫園《くんえん》とともに落合門下の三羽烏と言われた。

その年鉄幹は、「新詩社の三才媛」とうたわれる晶子、山川登美子、増田雅子の合同詩歌集を企画した。その意図は『明星』の同年十一・十二月の両号にある「山川登美子、増田雅子、与謝野晶子の三女史は、多年新詩社の閨秀作家として、評名夙《と》く『明星』紙《ママ》上に顕れぬ。近時我国短歌詩壇の潮流いと新しきものあるは、実に女史等の力多きに由《よ》れり、わが書院曩《さき》に『毒草』を出だししが、今また三女史に乞ひて此集を得たり。与謝野女史は既に二三の著あり。山川、増田二女史に至りては、この集を以て初めて詩才を窺《うかが》ふべし。世を挙げて功利に趨《はし》り、未だ文芸の真価を知らず、書を読めりと称する者、往々猶偽善者道学者の口吻《こうふん》を以て詩歌美術を律せむとする時に当たり、明眸繊指《めいぼうせんし》の人、熱意かばかりに自家を語るを見るは、詩界の偉観なるのみならず、人間の栄誉、生命、まことに此に在るを得るべきなり」という広告を読めばあきらかである。そして翌年一月一日付けで、師走のうちに発売された。若山牧水の十二月二四日の日記に「『恋衣《こいごろも》』などを買ひ込み帰りぬ」がある。

ところがここに思いがけない出来事がおこる。

日本女子大学校当局がその時そこの学生であった登美子と雅子（登美子は英文、雅子は国文、同学年）に自宅謹慎を申し渡したのである。現在、日本女子大学にその時の記録は残っていないが、おそらく、学生の分際で恋の歌を作った、しかもこの戦争中に、ということであったことは容易に想像される。与謝野晶子の仲間であるということも古いタイプの教育者の怒りを買ったのかも知れない。世にこれを「日本女子大学恋衣事件」という。「自宅謹慎」は仮処分で、本処分はなかったものと思われる。

この集に収められている晶子の短歌は一四八首で、他に六篇の詩が収められているが、その中にあれほど糾弾《きゅうだん》された「君死にたまふこと勿れ」が収められているのが注目される（初出は『明星』の一九〇四年〈明治三十七〉九月号）。人口に膾炙《かいしゃ》した鎌倉大仏の歌もこの集にある。

このように『みだれ髪』以来、ほとんど毎年のように歌集を出しているが、翌明治三十九年（一九〇六）には、一月に『舞姫』、九月に『夢之華《ゆめのはな》』、と、なんと一年に二冊も出している。西鶴はしゃべる言葉が句になった、と言われているが、晶子は大袈裟に言えば、しゃべる言葉が歌になったのである。石川啄木は、与謝野家で一夜百首の会をやった時、最も早く百首詠むのは晶子さんだったと言っている。ついでに啄木は自身が二番だったと言っている。

引き続き明治四十一年（一九〇八）には『常夏《とこなつ》』、その翌年には『佐保姫』と、相変らず量産するのであるが、啄木は炯眼《けいがん》にも「晶子女史は『舞姫』『夢之華』の二集に全盛を示して、目下既に老境に向かひて生気なく」と言っている。これは『明星』の危機を感じた啄木が、大分県在住の菅原芳子という若い女性に出した『明星』への勧誘の手紙（明治四十一年

〈一九〇八〉六月二九日）の中の言葉である。明治十一年（一八七八）生まれの晶子も数え年で三十を越えた。「十五でねえやは嫁に行き」の時代、四十歳で恩給の出る時代だから、三十を「老境」というのは大袈裟ではない。上手にはなったが魅力に欠ける、というのが衆目の見るところである。そういえば往年の「三才媛」はいずれも三十歳を迎えた。『明星』の危機は、スターの老化もその原因の一つである。

それでも晶子は歌集を出し続ける。以下、年表風に列挙する。

『花』（江南文三《えなみぶんぞう》と共著）明治四十三年（一九一〇）

『春泥集《しゅんでいしゅう》』明治四十四年（一九一一）

『青海波』明治四十五年（一九一二）

『夏より秋へ』大正三年（一九一四）

『さくら草』大正四年（一九一五）

『与謝野晶子集』（『現代自選歌集』の中の一つだが改作されたものも多い）大正四年（一九一五）

『朱葉集《しゅようしゅう》』大正五年（一九一六）

『舞ごろも』大正五年（一九一六）

『晶子新集』大正六年（一九一七）

『火の鳥』大正八年（一九一九）

『太陽と薔薇《ばら》』大正十年（一九二一）

『旅の歌』大正十年（一九二一）

『草の夢』大正十一年（一九二二）
『晶子恋歌抄』大正十二年（一九二三）
『流星の道』大正十三年（一九二四）
『瑠璃光《るりこう》』大正十四年（一九二五）
『人間往来』大正十四年（一九二五）
『心の遠景』昭和三年（一九二八）

というように、毎年のように歌集を出していたのだが、『心の遠景』（函書《はこが》きは『こゝろの遠景』）を出してから亡くなるまで十四年間には一冊も出していない。しかし歌藻《かそう》が枯渇したわけではなく、熱心に歌を作っていたのだが、『源氏物語』の三度目の現代語訳、文化学院の運営、そして夫の死去（昭和十年〈一九三五〉）により、まだ成人していない子供達の面倒を見ることに多くの時間をとられる、そして自分も脳溢血で倒れる、などのため、歌集を編む余裕がなかったのである。

『心の遠景』以後、亡くなるまでの歌については、平野萬里《ばんり》を中心に、編輯《へんしゅう》委員会が作られ、約五千首の中から二千五百首を選んで、改造社の協力を得て、没後百日祭を期して『白《はく》桜《おう》集』と名づけて、遺稿集として出されたので、晩年の歌はこれによって知ることが出来る。

読書案内

『与謝野晶子歌集』（岩波文庫）　与謝野晶子　一九四〇
晶子生前自選の歌集だから、みずからがどれを推奨したかがわかる。
『与謝野晶子歌集』（旺文社文庫）　吉田精一　旺文社　一九六九
「みだれ髪」全部とそれ以後の短歌をダイジェスト的に収めてある。
『鑑賞与謝野晶子の秀歌』（現代短歌鑑賞シリーズ）　馬場あき子　短歌新聞社　一九八一
著者が「秀歌」と見た作品の解釈と鑑賞。
『晶子百歌』　入江春行　奈良新聞社　二〇〇四
生涯の作品より百首を選んで解釈と鑑賞をほどこした。

○

『全釈みだれ髪研究』　佐竹籌彦　有朋堂　一九五七
「みだれ髪」全歌の「初出」「語釈」「口釈」から成る。
『みだれ髪を読む』　佐藤春夫　講談社　一九五九
小説家的想像もまじえての「みだれ髪」のそれぞれの歌の解釈。
『評伝与謝野鉄幹晶子』　逸美久美　八木書店　一九七五
明治四十三年（一九一〇）までの分であるが、「娘のころ」「関西文壇と晶子」などの項目により習作時代のことがよくわかる。

『与謝野晶子の文学』（近代の文学13）　入江春行　桜楓社　一九八三
「歌集通観」で全歌集を解説し、「秀歌評釈」で人口に膾炙した歌二十首をとりあげて評釈している。

『与謝野晶子』（新潮日本文学アルバム24）　入江春行　新潮社　一九八五
「鉄幹との出会い」にはじまり生涯と作品を写真で綴る。『みだれ髪』をはじめ全歌集の写真がある。

『与謝野晶子』（群像日本の作家6）　新間進一・与謝野光ほか　小学館　一九九二
作品論（竹西寛子・馬場あき子ほか）、作家論（日夏耿之介・窪田空穂ほか）、研究史展望（入江春行）、肉親の回想など多彩。

『大特集・愛と情熱の歌人与謝野晶子』（短歌42巻2号）　宮本正章・今野寿美ほか　角川書店　一九九五
「晶子・作家の現場」（河野裕子）、「晶子の文学教育」（上笙一郎）、岡野弘彦・篠弘ほかによる座談会など多彩。

『与謝野晶子とその時代』　入江春行　新日本出版社　二〇〇三
晶子の作品を時代の趨勢との関連という視点で論じた。

『新訂与謝野晶子歌碑めぐり』　堺市国際文化部　二〇〇七
旅を好んだ晶子の足跡を辿るのに有用。

【付録エッセイ】

「明星」の文学史的意義

『近代短歌史論』（有精堂出版　一九六九年一二月）

新間進一

新間《しんま》進一《しんいち》（日本文学）[一九一七—二〇〇五]『歌謡史の研究』『近代短歌史論』。

一

「明星」の文学史的意義については、鉄幹自《みずか》らが、その年譜に再三記すところがある。

　此社の主旨は、詩歌の改革を専門家（謂ゆる歌壇・詩壇）の外に立ちて唱道鼓舞し、その新人と新作を紹介すると共に、泰西近代の芸術を移植せんとするに在り。また新興の洋画界に声援し、或は出版物の紙質・挿絵・装幀等を美にして読書界の趣味の清新を促すに在り。

（『与謝野寛短歌全集』の年譜、明治三十三年の条）

　これは、昭和四年刊の『現代短歌全集』本の年譜の記載をやや詳しくしたものと思われ、昭和の時点における彼の自画自讃の詞である。そしてこの詞はさらに二十数年も遡り得るのであり、「明星」の終刊号（明治四一・一一）における巻頭言の「感謝の辞」の中で、「新詩の開拓と泰西文芸の移植と、兼ねて版画の推奨とを以て終始し得たるは」と、過去九年間百冊に及ぶその歴史を顧みて言っていることばに通じるのである。

右の当事者たる鉄幹の言に沿って、要約を試みるならば、(一)詩と短歌との革新と発展への寄与、(二)新人の紹介とその育成、(三)西欧芸術の移植、(四)洋画界との提携、(五)出版界への貢献ということになろうか。

この五つの項目のうち(一)と(二)との仕事の意義は絶大なものがあろう。先ず(一)について考えれば、詩歌の改革といっても、詩の方が分量的に短歌よりも多いのでないかと思われるが、質的には短歌の方に独自の特色が見られよう。詩壇には、「文庫」派の酔茗《すいめい》・清白《せいはく》・夜雨《やう》らの活躍もいちじるしく、また泣菫《きゅうきん》・有明《ありあけ》の活動舞台は必ずしも「明星」に限定されていなかったのである。歌壇には、「心の花」や根岸派や柴舟《さいしゅう》・薫園《くんえん》らの動きがあるが、何といっても、明星調短歌の流行は大きなものがあったのである。短歌を旧派から脱却させ、完全に文学の中にとりこんだという感じがする。

(二)については、「明星」の創刊当時から、非専門ということを謳《うた》い、しろうとの新人に入りやすくしたことが注意される。また鉄幹も始めは「社幹」の語を用いたが、間もなく社友のひとりとして同格であるという姿勢を持して親しみやすくしている。厳しい師弟のわくを極力はずそうとしている。このようにして新人の発見と養成に留意したのである。

(三)の西欧芸術の移植という面では、上田敏のフランス象徴詩の紹介に先ず指を屈せねばなるまいが、その他、モーパッサン・モリエールらの小説や戯曲の翻訳をはじめ、西詩の移入は数多く見られる。その面から、一度総合的に「明星」の果たした役割を検討してみる必要があろう。鉄幹自身は、語学を不得意としたのであって、後年パリに遊び、帰国後、訳詩集『リラの花』を出したりしたことはあるが、「明星」時代に、自分でそういう移入に直接参与した形跡は見られない。

（四）洋画壇には当時新進を網羅した白馬会《はくば》や太平洋画会などの動きがあり、活発に展覧会を催していたが、「明星」誌上にそれらの批評が載ったほか、美術評論も取り入れられていた。またそれらの新進の作品が「明星」の挿絵に、また歌集の装幀や口絵にと結びつき、「明星」の詩歌人にも美の感覚をめざめさせたことも多かったであろう。『みだれ髪』の魅力の要因の何パーセントかは、藤島武二の大胆で清新な装画によるものであることを想起する。

二

次に新詩社における古典文学の伝統との関連の問題を若干考えてみる。この点、やはり中心になるのは鉄幹の歌論であり、古典観であろう。

第六号の「新詩社清規」の第四条に、「万葉集・古今集の系統を脱したる国詩」たらんと宣言しているが、これは第三号の鉄幹の文「花壇小観」に見えたところの「我々は清新なる長歌即ち新体詩を作ると共に、又一方には短形なる新体詩即ち短歌を作るのである。万葉集を祖述するでもなく、真淵《まぶち》や景樹《かげき》の継承者と云ふでもない」とする立場を明確にしたものである（なお「明星」目次では、和歌の語が七号から短歌に移り、さらに十五号から短詩の名が現われ、以降は短歌・短詩の両語が併用された）。

ところが、鉄幹の年譜によれば、彼の十五、六歳のころから万葉集への激しい傾倒があったことが記されているが、実際に現在残っている初期の作品には万葉調のものは少ない。いわゆる「万葉廬詠草抄」は後年の作と思われる。なおこのことについては後述「鉄幹における万葉摂取の問題」の章（本書未掲載―引用者注）を参看されたい。

要するに、「明星」の誌面を賑わした新しい短歌の特色は、万葉古今の伝統を拒否することから始まった新しい短歌たらんとつとめたものであったが、その新しい歌体の樹立は容易ではなかったと思われる。鉄幹がいくら「自我の詩」をよめといい、自由奔放な心情の流露を作品化せよといっても、人を魅惑してはなさないような、整美した歌の声調というものがそう簡単に作れるものではない。たまたま晶子の『みだれ髪』に見る破格の詠嘆調の歌いぶりが一つのお手本として示され、その模索過程に在った人々に大きな感化を与え、いわゆる「明星調」なるものが、二、三年間に樹立されている。しかし、それも晶子の強い個性によって魅力があるので、その亜流には力が少なく、山川登美子ら若干の例外を除いて、今日ほとんどわれわれの関心を呼ばないという惨胆たる状景を呈することにもなっている。しかし、歴史的事実として、創刊以降、二、三十号に至る「明星」を一覧すれば、誰しも、その「明星調」のかもし出している独特な熱っぽいムードに、大きな意義を認めないわけにはゆかないであろう。

そうした明星調の短歌群について、古典との関連をたずねると、新古今集的なものと結びつくことがいわれる。新古今の専門家である故風巻景次郎氏に「『明星』と新古今」という一文があって、その間の微妙な関係を指摘しておられるが、(注一) それによれば、

「明星」と新古今というものは、一つ二つの類似とか、一つ二つの引用とかというような相互関係から出てくるものではなくて、寧ろ逆に、質的にひびき合う点を持った所か

ら出て来る共通点の反映であった。

とする。明星歌人の「感性が新古今的な審美感に調和するもの」であり、「それは又浪漫的な主情的な生活感情に結んでいた」と分析しておられる。いわば、新古今様式とのおのずからの合致とでもいうものがあり、象徴性や浪漫味の探求において、全体的に二つのものが重なり合うのであろう。

しかし、一方、また新詩社歌風の中に、万葉集の跡を追尋することも、不可能とはいえない。例えば、木俣修氏の述べられたように、平野万里・吉井勇らの示した「明星」後期の直截・豪快なよみぶりに、万葉調の一つの近代化を感じることができる。(注二)鉄幹自身、明治四十年代に至って、万葉集を社友に講義したり、その評釈を書いたりしているといったこともあったのである。

視点をかえて、短歌作品における王朝的素材、情調の問題を、晶子の歌を中心として「明星」歌壇から拾い出してゆくことも可能と思われる。特に古い催馬楽《さいばら》などが、白秋らの若い歌人にとり込まれていたりするのには、興味を惹かれる。それから、中皓《なかあきら》氏に鉄幹と在原《ありわらの》業平《なりひら》との関連を追求した好論文が在ることを付け加えたいが、氏は「明星」の草創期前後において、反逆者として、また恋愛歌人としての業平に対する激しい興味と関心とがあったことを述べておられる。(注三)これも「明星」のロマンチシズム形成の一因として把握しておいてよい面かも知れない。「明星」の後継者のひとりたる佐藤春夫の伊勢物語愛好なども思い合わされるのである。

以上、文学史的意義に触れつつ、「明星」の残した業績のあとを概観してみたが、さらに巨視的に見れば、この「明星」の運動は、二十年代の「文学界」の運動を継承するものであり、近代浪漫主義文学のゆたかな実りを示すものといえよう。三十年代には、日露戦争があり、また社会運動も興って来ており、世の中の動きは相当に深刻なものがある。文学の面でも社会小説・社会主義小説・家庭小説などいろいろの試みがなされて来ており、現実をみつめる自然主義の胎動が告げられている。それらに超然として、自己の芸術境を固持し、美に対する熱情と、個人の自我の尊重とにすべてをかけていたのが「明星」の人々である。そこには逃避もあるが、芸術至上主義ともいうべき強い美への執着が、花園での偸安《とうあん》をゆるしていたのであろう。

この「明星」の牙城がもろくも崩壊するに至ったのには、経済的な事情や、若い人々の成長・脱皮や時代の動きや、鉄幹の錯誤など、いろいろの要因も考えられるが、あまりにも華麗に、こってりと彩られた浪漫美の持つ行きづまりが、何よりも大きな原因となっていよう。

三

「明星」乃至新詩社の影響ということになると、多くの問題点が考えられよう。前述の文学史的意義の項に触れた新人の育成ということは、この点においてもまず考えられる。白秋や勇や杢太郎や啄木らが、その本領を発揮するのは、「明星」廃刊後「スバル」に移行してからの時代であり、彼らの人間的・文学的成熟ということと同時に、自然主義時代、また頽唐耽美思潮のたかまった時代である明治四十年代（いわば日本の青春期）の雰囲気というものを切り離しては考えられない。

わが雛はみな鳥となり飛び去んぬうつろの籠の寂しきかなや

「明星」終刊号に載せられ、『相聞《あいぎこえ》』に収められたこの鉄幹の歌は、悲痛な独白とも自嘲ともとれるが、一面に若い青春の個性を認め、自由を寛容してやるひろい気持ちも出ている。前述のように鉄幹は「鳳雛《ほうすう》」という名前をその文学的出発の一時期に、旗印に掲げようとしたが、その挫折数年後に出た「明星」こそは、多くの鳳雛の巣立ちに成功したのである。

文学史的には「明星」を受けるものとして「スバル」を考えるのがふつうであろう。これは鉄幹の手を離れて、脱皮を遂げた「明星」であるが、執筆メンバーの顔ぶれや浪漫精神の継承からみて、「明星」の遺した遺産ともいえよう。新人がここに拠って次の文学運動を展開してゆくのである。「スバル」は鷗外のいぶきが強くかかっており、小説・戯曲が中心となっている点で、「明星」とは異質的なものも多いが、やはり「明星」とあわせて考えたい雑誌である。大正十年十一月に第二次「明星」が復刊されているが、これは文学史的意義は薄らいでしまっている(昭和二年四月廃刊)。

そこから、「明星」が詩歌壇の王座に君臨していたという歴史的事実、これはよかれあしかれ多くの影響を読者であった文学志望の若い青年子女にひろく与えている。特に詩人・歌人の方面には、多くの刺戟を与えたはずであって、反明星派と目されている人々の側にまで及んでいるのである。「明星」と敢えて手を握ろうとせず独自の道を歩んだかに見える佐佐木信綱・金子薫園・尾上柴舟、またその門流である川田順・若山牧水・前田夕暮のこのころの作品をいちいち仔細に検討すれば、明星調の浸潤は否定することのできないものがあろう。

また反「明星」派というような文学グループを想定できるということが、もう一つの影響とも考えられる。「明星」の存在がなければ、その強烈な刺戟がなければ、それらの動きは発展を妨げられたかも知れないという事実である。近代短歌史における車前草《しゃぜんそう》社・白菊会の動向を、その意味でも考慮しておきたい。

〔注〕

（一）「『明星』と新古今」風巻景次郎（「解釈と鑑賞」昭和三三・一一）

（二）「『万葉集』と新詩社」木俣修（『日本古典鑑賞講座』月報一〇号、昭和三三・三）

（三）「近代浪漫主義短歌の一側面――与謝野鉄幹と在原業平」中晧（「同志社女子大学研究年報」第一三巻、昭和三七・一二）

入江春行（いりえ・はるゆき）
＊1927年東京都生。
＊法政大学文学部日本文学科卒業。大谷女子大学教授等を歴任。
＊現在　日本文芸学会常任理事等。
＊主要著書
『與謝野晶子書誌』（創元社）
『晶子の周辺』（洋々社）
『與謝野晶子とその時代』（新日本出版社）
『晶子百歌』（奈良新聞社）等。

与謝野晶子《よさのあきこ》　コレクション日本歌人選　039

2011年10月31日　初版第1刷発行
2014年5月30日　再版第1刷発行

著　者　入江春行
監　修　和歌文学会

装　幀　芦澤泰偉
発行者　池田圭子
発行所　有限会社　笠間書院
東京都千代田区猿楽町2-2-3［〒101-0064］
NDC分類 911.08　電話　03-3295-1331　FAX 03-3294-0996

ISBN978-4-305-70639-3

印刷／製本：シナノ
乱丁・落丁本はお取り替えいたします。　（本文用紙：中性紙使用）
出版目録は上記住所または info@kasamashoin.co.jp まで。

コレクション日本歌人選　第Ⅰ期〜第Ⅲ期　全60冊完結！

第Ⅰ期　20冊　2011年（平23）2月配本開始

No.	書名	よみ	著者
1	柿本人麻呂	かきのもとのひとまろ	高松寿夫
2	山上憶良	やまのうえのおくら	辰巳正明
3	小野小町	おののこまち	大塚英子
4	在原業平	ありわらのなりひら	中野方子
5	紀貫之	きのつらゆき	田中登
6	和泉式部	いずみしきぶ	高木和子
7	清少納言	せいしょうなごん	圷美奈子
8	源氏物語の和歌	げんじものがたりのわか	高野晴代
9	相模	さがみ	武田早苗
10	式子内親王	しょくしないしんのう（しきしないしんのう）	平井啓子
11	藤原定家	ふじわらていか（さだいえ）	村尾誠一
12	伏見院	ふしみいん	阿尾あすか
13	兼好法師	けんこうほうし	丸山陽子
14	戦国武将の歌		綿抜豊昭
15	良寛	りょうかん	佐々木隆
16	香川景樹	かがわかげき	岡本聡
17	北原白秋	きたはらはくしゅう	國生雅子
18	斎藤茂吉	さいとうもきち	小倉真理子
19	塚本邦雄	つかもとくにお	島内景二
20	辞世の歌		松村雄二

第Ⅱ期　20冊　2011年（平23）10月配本開始

No.	書名	よみ	著者
21	額田王と初期万葉歌人	ぬかたのおおきみ しょきまんようかじん	梶川信行
22	東歌・防人歌	あずまうた さきもりうた	近藤信義
23	伊勢	いせ	中島輝賢
24	忠岑と躬恒	みぶのただみね おおしこうちのみつね	青木太朗
25	今様	いまよう	植木朝子
26	飛鳥井雅経と藤原秀能	まさつね ひでよし	稲葉美樹
27	藤原良経	ふじわらのよしつね（りょうけい）	小山順子
28	後鳥羽院	ごとばいん	吉野朋美
29	二条為氏と為世	にじょうためうじ ためよ	日比野浩信
30	永福門院	えいふくもんいん（ようふくもんいん）	小林守
31	頓阿	とんな（とんあ）	小林大輔
32	松永貞徳と烏丸光広	ていとく みつひろ	高梨素子
33	細川幽斎	ほそかわゆうさい	加藤弓枝
34	芭蕉	ばしょう	伊藤善隆
35	石川啄木	いしかわたくぼく	河野有時
36	正岡子規	まさおかしき	矢羽勝幸
37	漱石の俳句・漢詩		神山睦美
38	若山牧水	わかやまぼくすい	見尾久美恵
39	与謝野晶子	よさのあきこ	入江春行
40	寺山修司	てらやましゅうじ	葉名尻竜一

第Ⅲ期　20冊　2012年（平24）6月配本開始

No.	書名	よみ	著者
41	大伴旅人	おおとものたびと	中嶋真也
42	大伴家持	おおとものやかもち	小野寛
43	菅原道真	すがわらのみちざね	佐藤信一
44	紫式部	むらさきしきぶ	植田恭代
45	能因	のういん	高重久美
46	源俊頼	みなもとのとしより（しゅんらい）	高野瀬恵子
47	源平の武将歌人		上宇都ゆりほ
48	西行	さいぎょう	橋本美香
49	鴨長明と寂蓮	ちょうめい じゃくれん	小林一彦
50	俊成卿女と宮内卿	しゅんぜいきょうじょ くないきょう	近藤香
51	源実朝	みなもとのさねとも	三木麻子
52	藤原為家	ふじわらためいえ	佐藤恒雄
53	京極為兼	きょうごくためかね	石澤一志
54	正徹と心敬	しょうてつ しんけい	伊藤伸江
55	三条西実隆	さんじょうにし さねたか	豊田恵子
56	おもろさうし		島村幸一
57	木下長嘯子	きのした ちょうしょうし	大内瑞恵
58	本居宣長	もとおりのりなが	山下久夫
59	僧侶の歌	そうりょのうた	小池一行
60	アイヌ神謡ユーカラ		篠原昌彦

『コレクション日本歌人選』編集委員（和歌文学会）
松村雄二（代表）・田中　登・稲田利徳・小池一行・長崎　健